주술회전

새벽의 가시밭길

呪術廻戦

2

Gege Akutami
Ballad Kitaguni

SEOUL MEDIA COMICS

주술고전 2학년
이누마키 토게
주술고전 2학년
얼티밋 메카마루
주술고전 2학년
젠인 마이
주술고전 보조 감독
이지치 키요타카

주술회전
인물소개
주술고전 1학년
이타도리 유지
주술고전 1학년
후시구로 메구미
주술고전 1학년
쿠기사키 노바라

주술회전 呪術廻戰 2

새벽의 가시밭길

제1화 들장미와 가시

"——토게에 대해?"

8월 초.

교정 나무에 부딪쳐 180도 뒤집힌 상태의 쿠기사키에게 판다가 고개를 갸웃거리며 되물었다.

교류회를 위해 후시구로까지 포함해 이루어진 1학년 특훈.

주로 격투전. 즉, 사람 대 사람의 대(對) 술사 전투를 상정한 훈련 도중이었다.

훈련이라고 해도 지금으로선 쿠기사키가 판다에게 돌진하면 판다가 던지고, 다시 돌진하면 던지는 걸 반복하고 있는 단계. 하지만 의욕은 활활 불타오르고 있는 것 같았기에 이에 관해선 결과적으로 불쏘시개 역할이 된 토도와 마이의 시비가 큰 공을 세운 셈이 되었다.

"네. 마키 선배가 존경스럽다는 건 알았고, 판다 선배가 실력 있는 주술사란 것도 알겠어요."

"나는 선배라고 안 불러도 되는데."

몸을 일으켜 트레이닝복에 붙은 나뭇잎을 털어내며 쿠기사키가 대답했다.

“존경은 해요. 하지만 판다 씨라고 부르면 뭔가 메르헨 같잖아요.”

“뭐, 공중에 던져지는 와중에도 잡담을 나눌 수 있게 된 건 칭찬해줄게.”

“이 정도로 던져지면 낙법 정도는 익힌다고요.”

“흐음~, 그래서?”

판다는 주변을 둘러보고, 약국에 간 토게가 아직 돌아오지 않은 것을 확인했다.

그리고는 다시 자신을 향해 돌진하는 쿠기사키의 타격을 어려움 없이 흘려보내며 태연하게 대화를 이어나갔다.

“토게가 어쨌는데?”

“어떤 선배인가 싶어서요.”

“응? 얘기해보면 알지 않나?”

“모르거든요? 물론 나쁜 사람이 아니란 건 알겠지만 사용하는 어휘가 주먹밥 재료뿐이면 아무래도 한계가 있다고요.”

“우린 이미 완전히 익숙해져서. 안 그래, 마키?”

“그렇지. 듣고 보니 당연한 의문인가?”

마키는 봉 형태의 주구를 빙글빙글 돌리며 후시구로의 공격을 훌쩍 피한 다음, 머리에 콩 하고 가벼운 일격을 먹였다.

"아파……."

"넌 여전히 너무 머리로 생각해."

신음하는 후시구로를 흘긋 본 뒤, 마키도 대화에 끼어들었다. 숨이 차오른 기색이 조금도 없어, 판다보다도 한층 태연한 모습이었다.

"우리 중에선 아마 가장 남을 잘 돌봐주는 성격 아닌가?"

"그래 보여도 근본은 밝으니까. 유타를 제외하면 우리 학년에선 가장 선량하지."

"분위기를 이상하게 타는 게 옥에 티지만."

"그 녀석이 그러던가?"

"넌 같이 이상한 쪽으로 가니까 모르는 거야."

"뜻밖이네. 우린 이상한 방향으로 가는 게 아니야. 분위기를 탈 줄 아는 거지."

쿠기사키도 훈련하며 잡담을 할 수 있을 정도로는 체력이 붙었다. 그래도 8월의 쿠기사키에겐 하잘것없는 대화를 어려움 없이 나누는 2학년들이 몹시도 먼 곳에 있는 존재로 보였다.

판다의 주의력이 마키와의 대화 쪽으로 아주 살짝 기울어졌다고 느낀 순간, 쿠기사키는 좌우 페인트를 섞어 어퍼컷을 시도했으나.

"어쨌든——."

"켁."

판다는 스웨이로 어려움 없이 피한 뒤, 마치 사바트 같은 움직임으로 쿠기사키의 다리를 걷어냈다.

축발이 무너진 쿠기사키는 빙글빙글 회전하며 쓰러졌지만 몸은 빈틈없이 낙법을 취했다. 최근 몇 주 사이에 굳이 의식하지 않아도 할 수 있게 된 동작이다.

하지만 낙법을 취했다고 승부에서 이길 수 있는 건 아니다.

낙담한 얼굴의 쿠기사키를 내려다보며 판다는 입을 열었다.

"토게는 좋은 녀석이야. 너희도 조만간 알게 되겠지."

"……아, 그래요?"

그보다 낙법을 취했어도 등이 아프다.

슬슬 나뒹구는 빈도를 줄이지 못하면 새 트레이닝복이 필요할 것 같아서 여름의 쿠기사키는 울적한 기분에 휩싸였다.

이야기는 가을로 이어진다.

야소하치 다리 사건을 겪은 뒤, 잠깐의 여유가 생겼다.

그날, 쿠기사키는 홀로 시부야에 있었다.

후시구로는 무리를 한 피로가 남아 있어 방에 틀어박혀 독서.

이타도리는 단관 상영하는 마니악한 영화를 보러 외출했다.

마키는 야소하치 다리와는 다른 임무를 맡아, 당분간은 얼굴을 볼 기약이 없다. 일정이 완전히 비어버린 쿠기사키는 남자들이랑은 같이 가기 불편한 화장품과 옷, 일용 잡화를 사러 외출했다.

"겨울 상하의랑 겨울 구두, 속옷이랑 파운데이션……."

두 손에 들고 있던 종이 가방을 들어 올려 오늘의 성과를 확인했다.

너무 많이 샀다는 생각은 들지 않지만, 오늘은 계획보다 오래 돌아다녔다. 얼마 전에 산 핀힐 부츠를 신고 나온 건 살짝 실수였을지도 모르겠다.

하지만 흔하지 않게 찾아온 혼자 쇼핑할 기회다. 사고 싶은 건 아직도 많다.

이번엔 가방이라도 보러 갈까 생각하며 쿠기사키는 혼잡한 인파 속을 걸었다.

도쿄에 막 올라왔을 땐 신기해서 반짝반짝 빛나 보이던 광경. 하지만 그것도 3개월이나 지나니 많이 익숙해져 소란함이 귀에 박혀버렸다.

하지만 그건 좋은 경기와 활기의 증거다. 도회지의 운치라 할 수 있는 것이다.

"그런데 레알, 그게 걸작이라." "진짜 열받지 않냐?" "저기, 저기. 언니, 혼자야? 한가해?" "지금 서두르는 중이라서요." "연어." "새로 오픈했습니다. 잘 부탁드려요~." "안 드세요?" "대체 얼마나 먹으려고?" "아, 나른해~. 오늘 그냥 튈까?" "엄마, 저거 사줘~!"

수도 없는 목소리. 수도 없는 생활이 부딪치는 교차로.

사람의 수만큼 일상이 있고 사람의 수만큼 세계가 있다. 수많은 사고와 목소리가 오가는 거리를 답답하게 느끼는 사람도 있겠지만 쿠기사키에겐 그렇지도 않다.

확고한 자신을 확립하고 있는 그녀로선 누구나가 자신답게 살아가는 것이 용인되고 있는 듯한 도시의 소란함은 오히려 다정하게 느껴지기까지 한다.

돌이켜 보면――고향 마을은 숨이 막혔다.

오직 '옆 사람과 똑같이 행동하라'는 배타주의. 개인을 개인으로 인정하지 않는 것으로 생존해 온 생태계. 완만한 속도로 썩어가는 닫혀 있는 세계가 바로 그 마을이었다고 쿠기사키는 생각한다.

그에 비해 도시의 떠들썩함은 냉혹하지만 자유가 있다.

누구나가 도시는 타인에게 관심이 없다고 말한다. '바라고 바라던 일이네요' 하며 쿠기사키는 웃는다. 그녀가 그녀로 있는 것을 그 누구도 책망하지 않는다. 자기 다리로 서서 걸어갈 수 있다.

다양하고 복잡한 도시의 삶이 쿠기사키에겐 편안하다.

하지만 그런 다양하고 복잡한 도시의 휴일에는 기묘한 인연도 있기 마련이라——.

"으음?"

시부야 히카리에 방면을 향해 걸어가던 쿠기사키는 길 건너 보도에서 어딘가 익숙한 얼굴을 발견했다. 과하다 싶을 만큼 단단하게 여민 옷깃으로 입가의 아래쪽 반을 가리고 있는데, 그런 지인은 한 명밖에 없다.

이누마키 토게다.

게다가 한 명 더. 이쪽은 익숙할 리 없는 사람이다. 외국인 관광객으로 보이는 파란 눈의 남자. 외국인과 이누마키란 조합에서 쿠기사키는 큰 흥미를 느꼈다.

"무슨 이야기를 하는 걸까?"

쿠기사키는 행선지를 변경해, 때마침 신호가 바뀐 도로를 건너 이누마키 쪽으로 걸어갔다. 거리가 가까워짐에 따라 두 사람의 대화가 들려왔다.

"I'd like to go to SHIBUYA 109."

"연어연어."

"Could you tell me where I can get a taxi?"

"연어알 젓갈."

"Ah……. Which way should we go?"

"다시마."

"Ah……. 나, 가고 싶다예요. 일공구. Please. OK?"

"연어."

"Yeoneo?"

"……살몬."

"…………Salmon?! Why?!"

"가다랑어포……."

"으음~~……."

아무래도 쿠기사키가 상상한 것의 열 배는 더 귀찮은 상황이 된 듯했다.

주언사인 이누마키가 저주 폭발을 방지하기 위해 주먹밥 재료로만 의사소통을 한다는 건 안다. 그런데 왜 하필 외국인 관광객에게 잡혀 길을 가르쳐줘야 하는 상황에 처했단 말인가.

아니, 이누마키도 나름대로 손가락으로 가리키거나 손짓과 발짓으로 길을 가르쳐주고 있었다. 외국인 쪽도 열이 올라 있는 것 같아서 쿠기사키는 두 사람의 사이에 끼어들었다.

"뭐 하는 거예요, 선배."

"참치 마요네즈."

"참치 마요네즈는 무슨 참치 마요네즈. 하여간."

"Oh! Geisha girl!"

"누굴 보고 게이샤라는 거야?"

들려온 대화를 통해 외국인의 목적지를 대충 짐작하고 있던 쿠기사키는 '레프트', '라이트', '스트레이트', '갓뎀' 네 단어와 손가락질만으로 목적지가 역 건너편에 있다는 걸 어떻게든 전달할 수 있었다.

간신히 길을 알게 된 외국인은 "은해를 이벘다는 아뢰오!"라고 떠들며 손을 흔들고 떠나갔다. 솔직히 말해, 쿠기사키는 저쪽도 조금 이상한 사람이라고 생각했다.

"연어."

"저기요, 선배. 필담이든 스마트폰으로 지도를 보여주든 방법은 많잖아요."

"연어알 젓갈."

"…………."

이누마키를 처음 알게 된 이후 벌써 3개월이 지났지만, 쿠기사키는 이 주먹밥어(語)에 대해선 여전히 이해되지 않는 부분이 있었다.

후시구로는 어느 정도 알아듣는 것 같고, 이타도리도 느낌으로 대충 통하는 것 같았다.

2학년들은 말할 것도 없다. 쿠기사키 역시 근접 대련에서 도움을 받았던 입장상, 완전히 모르는 사이는 아니다.

교토교의 이타도리 살해 계획――증거는 남지 않았지만――때도 그날 처음 만난 이타도리를 걱정해줬을 정도니까 '나쁜 사람이 아니라'는 건 안다. 하지만 역시 어휘가 온리 주먹밥 재료여서는 사람의 됨됨이를 판단하기엔 한계가 있다.

마키가 존경할 수 있는 선배라는 건 확실하고 대련 상대가 되어준 판다 역시 의지가 된다는 걸 안다. 그런 두 사람이 입을 모아 '선량한 녀석'이라 평가하는 것이 이누마키다.

그래도――이 이누마키란 선배 개인에 대해 쿠기사키는 여전히 감을 잡지 못하고 있었다.

간단히 말해 상성 문제다.

대화 중시라고 할까, 기본적으로 시원하고 가차 없이 말하는 쿠기사키에게는 모든 대답이 주먹밥 재료로 돌아오는 이누마키가 솔직히 말해 대하기 어려웠다.

쿠기사키는 딱히 친한 사람에게 거친 언사를 쓰고 싶어하는 스타일이 아니다.

친한 사람들에게 뱉는 가차 없는 발언은 괜한 배려를 할 필요 없다는 신뢰 위에 성립한다. 따라서 대화가 제대로 성립되고 있는지 알기 힘든 이누마키는 약간 거북한 타입이라고 하는 것이 정확하다.

단, 싫어하는 것은 결코 아니기 때문에 강하게 부딪치고 싶지도 않다.

그 결과, 애매하게 말을 고르는 것에 의식이 쏠려버리고, 그런 것에 신경을 쓰는 자신에 싫증이 나기도 한다. 언어란 외부에 표현하는 영혼의 형태다. 그것을 무의식적으로 일그러트리고 싶진 않다.

그 미묘한 감정과 감각이 하나로 포개지면서 불편함이란 이름이 되어 쿠기사키를 괴롭히고 있었다.

"뭐, 상관없나? 앞으로는 귀찮아 보이는 사람이 말을 걸면 그냥 무시하세요. 그럼 전 쇼핑을 하러 가야 해서 이만."

"갓나물."

"네, 네. 갓나물갓나물."

뜻은 조금도 모르지만 헤어지면서 하는 말이었기에 쿠기사키는 그렇게 대답했다.

그런데 그대로 떠나려 하는 쿠기사키의 어깨를 이누마키가 잡아 제지했다.

"……잠깐, 뭐예요?"

"가다랑어포."

"가다랑어포라고 해도 말이죠."
뭔가 손짓을 해가며 고개를 젓는 이누마키.
그런 모습을 보니 왠지 모르게 쇼핑을 만류하는 것 같은 기분이 들었지만 이유가 전혀 짐작되지 않았다.
굳이 말하자면 '어두워지기 전에 돌아가'일까? 쿠기사키가 읽어낼 수 있는 건 고작 그 정도였기에 가다랑어포 한마디로는 사정을 짐작할 수가 없었다.
걱정하고 있다는 것만은 느껴졌기에 쿠기사키는 일단 웃어 보였다.
"괜찮아요. 설마 밤이 돼서까지 돌아다니진 않을 거니까요."
"갓나물."
"네, 네. 선배도 너무 늦게 돌아가진 마시고요."
멈춰 세우는 이누마키를 힐끗 본 뒤에 다시 인파 속을 헤치고 들어가는 쿠기사키.
"가다랑어포……!"
이누마키는 다시 한번 손을 뻗었지만, 옆에서 걸어오던 노파와 부딪치고 말았다. 다행히 다치진 않았다. 하지만 노파가 횡단보도를 건너는 것을 돕는 사이 쿠기사키를 완전히 놓치고 말았다.

빌딩을 가로질러 모퉁이를 돌아.

사람들이 오가는 파도 속을 쿠기사는 느긋하게 걷고 있었다.

가끔 말을 걸어오는 전단지 배부 알바생과 휴지 배부 알바생을 피하는 건 식은 죽 먹기. 아르바이트 수고 많으십니다, 하고 속으로 중얼거리며 그들을 무시하고 지나갔다.

그런데.

"자자자잠깐, 실례합니다~. 잠깐 시간이 있으실까요?"

"뭐어?"

갑자기 무척 강압적으로 잡는 사람이 나타났다.

쿠기사키의 앞을 당당하게 막아서며 앞길을 가로막은, 살짝 긴 금발에 턱수염을 기른 정장 차림의 남자. 몸은 늘씬했지만, 갈색으로 탄 피부에 근육이 단단히 잡혀 있어서 웃으면서 드러난 새하얀 이가 유난히 눈부시게 떠 보였다.

"뭐야? 모델 스카우트라면 늦지 않게 오긴 했는데."

"자자, 그런 말씀 마십시오. 전 이런 사람입니다."

쿠기사키는 종이가방을 든 오른손으로 남자가 내민 명함을 받았다. 명함은 '주면 받는 것'이란 문화적 각인은 일본인 대다

수에게 뿌리 깊게 박혀 있다.

"명함에 적힌 바와 같이, 전 H 프로덕션의 패션모델 사업부에서 일하는 츠루베 카야라 합니다."

"H 프로의…… 모델?"

쿠기사키는 명함을 본 다음, 자신을 츠루베라 소개한 남자를 보고, 다시 한번 명함을 보았다.

"엑, 진짜로? 스카우트?"

"스카우트라고 생각하셔도 무방합니다. 제 태도가 강압적인 건 알지만 작금의 모델 업계는 인재 확보 문제로 늘 맹렬하게 경쟁 중이기에……. 이렇게 당신 같이 한층 빛나는 자질을 가진 다이아몬드 원석은 꼭 시간을 내주셨으면 해서요."

——H 프로. 모델. 다이아몬드 원석.

꿈을 보여주는 듯한 단어의 나열 위에, 츠루베라는 남자는 계속해서 말을 더해갔다.

"현재 저희 프로덕션에선 차세대 키워드로 '큐트 & 파워'를 내세우고 있습니다. 당신은 그 이미지에 딱 들어맞고요."

"흐, 흐응~. 보는 눈은 있네."

"괜찮으시다면 잠깐이라도 좋으니 부디 이야기를 들어주셨으면 합니다. 당신은 그야말로 다이아몬드 원석입니다. 아, 바쁘시다는 건 잘 압니다만 이야기라도 한번 듣고 가는 게 당신의 장래를 위해서도 분명 좋을 겁니다. 당신이라면 차세대의 제니퍼 로렌스가 될 수 있다고 확신하고 있어요."

"헤…… 헤에~…………. 그렇게까지 말하는데, 이야기 정도는 들어줄 수도 있고."

"역시! 당신이라면 현명한 판단을 내릴 거라 생각했습니다!"

——부자연스러울 만큼 쏟아지는 칭찬.

하지만 유명 프로덕션에 직함을 가진 사람이 직접적으로 추켜세워주는 쾌감, 그리고 도시를 걷다 보면 한번은 망상하게 되는 상황의 실현은 과장스러우면 과장스러울수록 역으로 '혹시 진짜인가?'라고 생각하게 만드는 힘이 있다.

"짐도 있으신데 길거리에 서서 이야기하는 건 좋지 않죠. 자, 이쪽으로 오십시오. 차분히 앉아서 이야기합시다."

츠루베가 손짓으로 재촉하자, 쿠기사키는 묘하게 느린 걸음으로 발을 옮겼다.

H 프로의 모델. 근사한 울림이긴 하다.

주술사와 모델 일을 겸임하는 건 현실적이지 않지만 찾아온 기회를 바로 놔버리기는 아깝다. 다른 사람과 떠들 잡담거리 정도는 될 수 있을지도 모른다.

쿠기사키는 신기하게도 남자의 말에 '믿어도 상관없지'라고 생각했다.

묘하게 멍한 머리를 흔들며 쿠기사키는 남자의 재촉에 이끌려 골목을 걸었다.

그 시점에선 그 다리가 자신의 의지로 움직이고 있다는 걸 의심하지 않았다.

의식이 또렷해진 건 그로부터 십수 분이 지난 뒤였다.

등뒤로 손이 묶인 것이 계기이리라.

쿠기사키는 그제야 겨우 상황이 이상하다는 것에 생각이 미쳤고——정신을 차리고 보니 도저히 연예 기획사로 보이지 않는 어느 빌딩 방에 앉아 있었다.

간솔한 책상 하나와 서류 선반.

벽에도 바닥에도 부적이 처덕처덕 치덕치덕 빼곡하게 붙어 있었다. 얼핏 봐도 주술과 관련이 있는 인물이 준비한 공간임을 알 수 있었다.

"…………이 자식, 이게 무슨 짓이야!"

"아, 정신 차렸어? 그보다 입이 험하구나."

책상에 걸터앉은 츠루베는 궐련을 나이프로 자르며 쿠기사키를 힐끗 봤고, 이어서 그녀의 등뒤로 시선을 돌렸다.

“그래서 신중하게 하라고 했지, 코이즈미. 묶는 게 형편없으니까 위화감을 느껴버렸잖아.”

“미, 미안, 츠루베 씨. 하지만 이 여자, 망치 같은 걸 가지고 있어서 무서웠단 말이야.”

등뒤엔 코이즈미라 불린 사람인 듯한 남자가 서 있었다.

근육과 뼈가 울룩불룩 튀어나온 거한. 체구만 보면 그 토도보다 거대한 게 아닐까 싶다. 마치 프로레슬러 같은 근육과 묘하게 심약해 보이는 움직임이 지독히도 안 어울렸다.

“혹시 모를 사태를 대비하긴 했지만 설마 이렇게 쉽게 의식이 각성할 줄 몰랐던 건 사실이지. 쿠기사키라고 했던가? 대체 얼마나 자아가 강한 거야? 살짝 깨네.”

“아앙?”

관자놀이에 파란 혈관을 불끈 세우면서도 쿠기사키는 상황이 좋지 않다는 걸 이해했다.

의자에 앉혀진 자세. 등받이에 대고 묶인 두 팔. 소매 속이 묘하게 가볍다. 망치와 못, 그리고 인형은 빼앗겼다고 생각하는 게 좋으리라.

“그보다 어떻게 내 이름을……!”

“네가 직접 알려줬잖아? 물론 기억나지 않겠지만.”

츠루베라고 한 남자가 테이블 위에서 내려다보는 각도로 쿠기사키를 향해 고개를 돌렸다. 창문을 통해 비치는 석양빛 때문에 표정은 잘 보이지 않지만 경박한 미소를 띠고 있는 듯이 보였다.

"안심해, 쿠기사키. 우린 딱히 위해를 가하려고 하는 건 아냐. 그냥 너와 이야기를 나누고 싶은 거지."

"뭐?! 그런 말을 누가——."

"응? 믿어줄래?"

쿠기사키는 반사적으로 호통을 치려 했지만 머리를 가득 채운 분노가 치솟은 순간에 사라지는 것을 느꼈다. 분노는커녕, 츠루베의 말대로 마음이 놓였다. 츠루베의 말을 '믿고 싶다'는 마음이 되었다.

이를 이상하다고 여기는 이성은 살아 있다.

경계하고 싶다는 마음과는 반대로 도저히 의심할 수가 없었다. 스스로가 이해되지 않는 정신 상태에 빠져 있다.

그런데도 쿠기사키는 여전히 자신의 내부에 투쟁심을 불러일으키는 것이 가능했다.

"헤실헤실 웃지 말라고……!"

두 다리는 묶여 있지 않다는 것을 깨달은 순간, 쿠기사키는 일말의 망설임도 없이 반동을 주어 자리에서 일어났다.

상반신은 의자에 묶여 있어 더할 나위 없이 갑갑하지만, 오히려 일석이조다. 몸과 같이 묶인 의자로 패면 된다.
쿠기사키는 몸을 회전시키며 의자 다리로 츠루베를 가격하려 했다. 그러나——.
"그, 그렇게 안 둬."
빠악 하는 단단한 손맛과 함께 부서진 것은 의자뿐이었다.
츠루베와 쿠기사키의 사이에 코이즈미라 불린 남자가 끼어들어와 있었다. 쿠기사키는 온 힘을 다해 위자를 휘둘렀지만 코이즈미에게 타격이 전해진 느낌이 전혀 들지 않았다.
"칫."
오히려 체구가 작은 쿠기사키 쪽이 바닥을 구르는 결과가 되었다. 즉시 자세를 다시 세우려 했지만 의자가 거슬려 드러누운 채로 발버둥 치는 꼴이 되었다.
"이러면 안 되지, 쿠기사키. 코이즈미는 피지컬만큼은 일류거든. 복잡한 술식은 영 틀려먹었지만, 근육과 주력에 의한 피부 경화 술식으로 방패로선 일등급이라고."
"그럼 네놈 머리를 먼저 반으로 쪼개주마."
"오오, 무서운데? 하지만 그건 절대로 불가능해."
그 말만으로 쿠기사키는 저항 의지가 수그러드는 것이 느껴졌다. 그래도 눈에 적의만은 감돌고 있었지만 눈앞에 있는 남자들에게 '이길 수 있다'는 비전이 전혀 떠오르지 않았다.

츠루베는 쿡쿡 웃으며 손가락을 지휘봉처럼 흔들었다.
"자, 잘 들어 두는 게 좋아. 내 술식은 '주언(呪言)'이야."
"——주언, 이라니……."
쿠기사키의 뇌리에 이누마키의 모습이 떠올랐다. 쿠기사키도 주언이 얼마나 성가신지 안다. 접근전에 강한 코이즈미란 남자와 주언사의 조합이라니, 지극히 안 좋은 상황으로 여겨졌다.
"아, 하지만 이누마키 가문 같은 엘리트는 아니야. 그런 강제력과 만능성도 없고. 증폭 장치가 없으면 이런 피라미가 어디 있나 싶을 정도의 피라미니까 안심해."
"증폭 장치……?"
"네게 명함을 줬지? 그거, '*츠루베오로시'라고 하는 수백 년은 가볍게 묵은 주수(呪樹)로 만든 부적인데, 내 혓바닥의 주인과 링크돼 있거든. 이 방에도 같은 나무로 만든 부적을 벽지는 물론, 사방에 붙여뒀지. 그게 전부 내 혀나 마찬가지다……. 이 방 전체가 정성을 가득 담아 만들어낸 영역에 한없이 가까운 결계란 거지. 그리고 내 주언은——."
멍한 쿠기사키의 사고는 그제야 간신히 위기감을 느꼈다.
이것은 '술식의 개시(開示)'다.
그것도 주언사를 자칭하는 남자가 굳이 설명까지 하는 술식. 들으면 안 된다는 주술사의 전투 사고가 경종을 울렸지만 귀를

*츠루베오로시: 일본의 요괴 중 하나.

막아야 할 팔이 움직이지 않았다.
초조함만이 가속되는 와중, 츠루베의 입이 결정적일 말을 뱉었다.
"내 주언은 불편하고 단순해. 그냥 내가 하는 말이라면 전부 '믿게 만드는' 것뿐이거든."
"——윽."
상황은 최악이다. 쿠기사키는 그것을 즉시 이해했다.
말에 신빙성을 부여하는, 고작 그것뿐인 주언. 그러나 그것은 '술식의 개시'라는 행위가 더해지면 흉악할 정도의 상승효과를 만들어낸다.
자신의 밑천을 드러내는 '구속'에 의한 술식 효과의 저변 상승. 이것이 '믿게 만드는' 주언과 너무나도 잘 맞물린다.
'믿게 만든다'는 설명 자체를 '믿게 만든다'. 게다가 효과를 증폭하는 부적을 가득 채운 방. 상황은 너무나도 확연하다.
애초에 의식이 선명해지기 전까지 대체 얼마나 많은 말을 믿어버렸을지, 그리고 얼마나 많은 암시에 걸렸을지, 그것마저 모호하다.
"괜찮아, 쿠기사키. 내 말에 순순히 따르는 게 좋아. 그러면 아무런 위해도 가하지 않을게."
"……사람을 묶어놨으면서, 어느 입이 그런 소릴 하지?"

"진짜라니까? 믿어줘. 그보다 이미 믿었지? 넌 이미 날 믿고 있어."

"윽……!"

쿠기사키는 츠루베를 '믿고 있다'는 말을 주언에 의해 '믿어버렸다'. 이렇게 되면 마이너스 연쇄다. 또렷한 정신이 가속도가 붙어 침범당해 간다.

"쿠기사키, 안심해도 돼. 딱히 목숨을 빼앗으려는 건 아냐. 그냥 네가 다니는 주술고전에 대해 사알~짝 가르쳐줬으면 하는 게 있을 뿐이야."

"……내가 고전 학생인 건 어떻게 알았지?"

"아~, 우리 같은 놈들에게도 네트워크가 있거든. 올해는 1학년이 세 명 입학했다는 거라거나, 껌인 듯한 3급 생초짜라거나, 이런 얼굴이라거나 하는 정도는 알 수 있거든. 우린 그 정보를 산 다음, 풋내기인 것 같은 루키 주술사에게 고전에 대한 더 큰 정보를 얻어내서 한층 더 벌어들여. 비즈니스란 거지."

"……그래?"

이들이 특급 주령과 행동을 같이하는 주저사 일파와도 연결돼 있을지 신경 쓰였는데 그 가능성은 적어 보였다. 문제의 일파는 고전 시설에 침입까지 해냈으니 이제 와서 이런 번거로운 수단을 취할 필요는 없을 것이다.

설령 그렇다고 해도 이대로 고전의 정보를 불게 되는 상황은 피하고 싶다.

학교 시설의 배치, 결계의 성질, 직원 정보.

주술고전은 주술사들의 활동의 요추이자 전력 육성의 장이다. 별것 아닌 정보 하나라도 명백하게 고전과 적대하고 있는 술사들에게 흘리고 싶지 않다.

이대로 주언에 이성이 침범되어 묻는 대로 주절주절 떠들어 버리기 전에 대책을 세워야 한다. 적어도 조금이나마 '그런 생각을 할 수 있는' 동안 행동으로 옮겨야 한다고, 쿠기사키는 사고했다.

최악의 경우, 스스로 혀를 깨무는 것도 선택지에 넣어 뒀다.

……아니. 이대로 자아를 침범당해 자신이 '쿠기사키 노바라'로서 판단하지 못하게 될 정도라면 아예 지금——.

쿠기사키가 주언의 영향하에 있으면서도 완전히 사라지지 않은 강인한 자아로 결단을 내린 바로 그 순간.

바깥에서 갑자기 카앙 하는 커다란 소리가 울렸다.

"어?"

츠루베와 코이즈미, 두 적의 의식이 다른 곳으로 쏠렸다. 쿠기사키는 기회라고 생각했지만 그 짧은 한순간으로는 몸을 일으키지도 못해 이를 갈았다.

츠루베는 잠깐 생각하더니 코이즈미에게 지시했다.
"쥐새끼인가? ……잠깐 나가서 보고 와, 코이즈미. 이 애새끼는 내게 위해를 가하지 못하니까 네가 가는 게 안전해. 총탄 정도는 어떻게든 되겠지."
"아, 알았어."
코이즈미라 불린 거한은 멈칫멈칫 방의 출입구로 다가갔다.
몸이 너무 커서 문을 지나려면 몸을 움츠려야 하나보다. 문의 손잡이를 돌리며 코이즈미가 문틀을 통과해 방 밖으로 고개를 내밀었다.

"——잠들어라——."

"엇."
코이즈미가 마지막에 흘린 말은 그것이 다였다.
커다란 곰 같은 거구가 실이 끊긴 마리오네트처럼 무너져내렸다. 그 몸은 거대한 도어 스토퍼가 되어 출입구에 쓰러졌다.
츠루베가 이상을 감지하고, 쿠기사키가 그것을 깨닫기보다도 먼저——뛰어 들어온 그림자가 츠루베에게 달려들었다.
순간, 얼굴을 노리고 휘둘러진 손날을 본 츠루베는 반사적으로 두 팔을 올려 방어했지만 다음 순간에는 명치에 주먹이 꽂혀 들어갔다. 둔탁한 소리가 울렸다.

"크억, 아!"

몸이 꺾쇠처럼 휘며 츠루베가 무너졌다.

쿠기사키는 여전히 바닥에 쓰러져 있던 데다가, 방으로 쏟아져 들어오는 저녁 햇살 때문에 시야도 제한되어 있었지만 난입자가 누구인지는 즉시 알아차렸다.

"…………이누마키…… 선배?"

"연어."

목깃을 여며 입에 새겨진 주인을 가린 뒤, 이누마키가 몸을 돌렸다.

"다시마."

"……뭔가 긴장이 빠지네."

"연어알."

"거짓말이에요. 고마워요, 선배."

"연어연어."

이누마키는 한번 고개를 끄덕인 다음, 궐련 나이프를 찾아들고 쿠기사키의 밧줄을 끊었다. 피부에 박혀 들어간 밧줄의 자국 쪽이 조금 아팠지만 쿠기사키는 어떻게든 몸을 일으킬 수 있었다.

완전히 도움을 받아버렸다.

쿠기사키는 이누마키가 어떻게 이곳에 왔는지 물으려 했지만 이누마키에게 설명은 무리일 것이다. 그래서 스스로 머리를 굴려보기로 했다.

의문의 답은 간단히 나왔다.

이누마키는 단독 임무가 허가된 준1급 술사다. 그런 사람이 홀로 거리를 어슬렁거리고 있었고, 쿠기사키에게 무언가를 경고하려 했다. 조금 뒤, 쿠기사키는 길거리에서 적의 술수에 걸려들었다. 정리해보면, 이누마키는 아마 처음부터 츠루베 일당을 쫓는 임무를 맡고 있던 게 아니었을까?

그때 이누마키의 경고를 순순히 받아들였다면…… 하는 생각이 들지 않는 건 아니지만 주먹밥 재료로는 알아듣지 못해도 어쩔 수 없다. 적어도 '가다랑어포'와 '갓나물'은 그다지 긍정적인 의미가 아니라는 걸 기억해 두기로 했다.

"일단 탈출……. 아니, 그 전에 저 사이비 스카우트 맨들을 묶어 두는 게 먼저인가?"

"연어."

"연어는 'OK' 같은 거예요?"

"연어."

"알기 쉬운 것 같기도 하고, 아닌 것 같기도 하고———— 위험해!!"

"연어알 젓갈?"

대화 도중, 갑자기 쿠기사키의 안색이 변했다.

이누마키는 '위험하다'는 말을 들었다는 건 인식했다.

그러나 동시에 기척을 느끼고 말았다. 귀로 들어온 말을 뇌가 처리하기 전에 피부로 느낀 기척에 반응하고 말았다.

이누마키의 뒤에 커다란 그림자가 서 있었다.

코이즈미라 불린 남자가 이누마키의 주언에 의한 잠에서 깨어나 자리에서 일어나 있었다. 이누마키는 순간적으로 입을 개방했지만 코이즈미는 이미 주먹을 번쩍 치켜든 뒤였다.

"비켜요!"

쿠기사키는 튕겨 나가듯이 달렸다.

이누마키를 밀쳐내고 코이즈미를 향해 똑바로 돌진했다.

코이즈미는 이미 움직임에 들어가 있었지만 망설임 없는 쿠기사키의 행동이 더 빨랐다. 망치 없이는 특기인 추령주법(芻靈呪法)을 쓸 수 없다. 하지만 그렇다고 해서 싸우지 못하는 건 아니다.

게다가 자신보다 몸집이 큰 상대와의 싸움은 지긋지긋할 정도로 익숙한 것이다.

쿠기사키는 속으로 판다에게 고맙다고 인사하며———모든 체중을 실어 코이즈미의 명치에 팔꿈치를 박아 넣었다.

하지만 '효과가 너무 좋았다'.

"…… 엑?"

코이즈미가 놀라울 만큼 간단히 쓰러졌다.

그 복근에서는 조금의 긴장도 느껴지지 않았다. 몸을 지킬 의사라곤 없다는 양, 코이즈미의 거구가 무너져내렸다.

그 위화감이 급속도의 위기감으로 돌변함과 동시에.

"——콜록! 커억, 카악, 콜록, 콜록!"

"이누마키 선배?!"

재채기 소리에 뒤를 돌아본 쿠기사키의 눈에 들어온 것은 자리에서 일어나 이쪽을 노려보는 츠루베와…… 목을 부여잡고 엎드려 츠루베의 발에 짓밟히고 있는 이누마키였다.

"………… 애새끼들이 사람을 우습게 보고 말이야."

츠루베의 얼굴에서 조금 전까지 떠올라 있던 경박한 미소가 사라져 있었다.

크게 뜨인 눈동자는 적의로 가득 차 있었고, 위협하듯이 벌린 입에서는 주인으로 여겨지는 문양이 새겨진, 뱀처럼 갈라진 혓바닥이 보였다.

"코이즈미는 미끼였다. 의식을 잃어도 일정한 시간이 지나면 움직이도록 암시를 걸어놨거든……. 덕분에 성가신 쪽을 누를 수 있었지. 역시 보험은 들어두는 게 좋다니까."

“……이 자식, 선배에게 무슨 짓을 한 거야.”

“이누마키 가문 하면 유명하잖아? 고전에도 주언사가 있다는 것 정도는 안다고. 대책을 세워두지 않았을 리가.”

츠루베는 바닥에 떨어져 있던 젖은 천을 주워들어 보란 듯이 흔들었다.

“직접 만든 최루액이지. 주언사면 당연히 주언을 방어하는 법도 알고 있고……. 이런 물리적인 방법에 약하거든. 나랑 달리 강력한 주언사면 더욱 그렇지. 말 한 마디를 하려 해도 목에 부담이 가거든. 직빵이야, 직빵.”

“뭐? 그런 수법에 당했을 리가……?”

“네 덕분이다, 쿠기사키. 갑자기 정체 모를 물건이 후배를 향해 날아가면 생각하기보다 먼저 감쌀 수밖에 없잖아? 이야~. 착한 선배라 살았지.”

“……──.”

쿠기사키의 무언가가 뚝 ‘끊겼다’.

무엇보다도 자신의 경솔함에 대한 분노가 부글부글 끓어올라, 머리에 피가 가득 올랐다.

이누마키에게 두 번이나 폐를 끼쳤다.

이누마키가 왜 혼자서 조사를 하고 있었을까? 상성이다. 주언에 대한 대책은 주언사인 이누마키 역시 숙지하고 있었을 게

분명하니까. 이누마키 혼자였다면 어려움 없이 빠져나갈 수 있는 상황이었고, 별거 아닌 적이었으리라.

그런데 두 번이나 계략에 넘어가, 일부러 구해주러 온 이누마키를 위험에 처하게 만들었다.

어떤 한 감정이 머리를 가득 채운 사고를 날려 보내, 잡념이 전부 씻겨 내려가는 것이 느껴졌다.

분노. 분노다.

적에 대한, 그리고 무엇보다도 자신에 대한, 순수한 분노다.

저녁 햇살에 비친 실내가 새빨갛게 물들어 간다. 책상도 벽도 바닥도 모든 것이 새빨갛게 물들어가는 속, 쿠기사키에게 있어 '두드려야 하는 것'만이 선명하게 떠올랐다.

이성을 날려버리는 격앙이 아니다.

고요하게 결의의 날을 세우는 투명한 분노다.

"이런. 내겐 손대지 않는 게 좋을 걸, 쿠기사키. 네 술식에 대한 건 이미 들었으니까……. 추령주법이라고 했던가? 망치는 내가 가져갔으니 이제 쓸 수 없잖아? 그렇지? 그만하자. 날 공격하는 것만은 생각하지 않는 게――."

"닥쳐."

"……뭐?"

츠루베는 쿠기사키가 자신의 말을 가로막았다는 사실에 멍해졌다.

주언은 아직 정신을 속박하고 있을 터. 츠루베의 말에 끼어들 의사가 작용할 리 없다. 하물며 연약한 여자, 경험 적은 애새끼, 3급 주술사 따위가 증폭시킨 츠루베의 주언에 저항할 만한 정신력을 가지고 있을 리 없다. 츠루베는 그렇게 생각했다.

그러나 츠루베는 알지 못했다.

눈앞에 있는 소녀는 '연약한 여자'도, '경험 적은 애새끼'도, '3급 주술사 따위'도 아닌——'쿠기사키 노바라'라는 걸 알지 못했다.

"말을 왜 이렇게 못해? 차라리 토하는 걸 듣는 게 낫겠다."

쿠기사키는 주머니에서 츠루베에게 받은 명함을 꺼냈다.

주언의 영향을 몸소 체험한 지금이라면 실감과 함께 이해할 수 있다.

말만으로 사람을 위협하는 주술의 말. 그 위험성.

그것을 봉인하기 위해 의미가 담긴 말을 버리고 일상을 살아가는——이누마키 토게의 어마어마한 다정함. 이누마키가 왜 자기 몸을 바쳐 츠루베의 최루액으로부터 쿠기사키를 감쌌을까?

경고할 수 없었기 때문이다.

말이 현실이 되는 그 입으로 '위험해'란 말을 할 수 없었기 때문이다. 그래서 망설이지 않고 자신이 방패가 되었다.

누군가를 위해 말을 엮어내고, 누군가를 위해 말을 버렸다.

그런 이누마키의 한마디와 비교하면——츠루베란 남자의 말은 얼마나 싸구려인가.

쿠기사키는 츠루베의 명함을 바닥에 던지고 한쪽 발을 높이 들었다.

"……쿠기사키, 저기 말이야."

츠루베는 처음엔 명함을 짓밟으려 하는 그 동작을 웃으며 지켜봤다. 분노에서 오는 의미 없는 분풀이라고 생각했기 때문이다.

그러나 다음 순간, 츠루베는 쿠기사키의 술식을 떠올렸다.

——추령주법. 인형을 매개로 하여 원거리에서 주력을 흘려보내는 술식.

아니. 하지만, 망치와 인형은 미리 몰수해 뒀다. 지금 쿠기사키가 추령주법을 쓸 수 있을 리 없다.

쿠기사키의 행동은 분풀이 그 이상도 그 이하도 아니다.

츠루베는 그렇게 결론을 내렸다. 그러나.

"——왜?"

쿠기사키의 다른 한쪽 손에서 '작은 인형'이 명함 위로 풀어져 떨어졌다.

그것은 쿠기사키의 손을 묶고 있던 밧줄.

끊어진 밧줄을 급하게 엮어서 만들어낸, 무척 간솔한 인형.

술식에 매개가 필요한 주술사라면, 매개를 빼앗길 경우 궁지에 몰린다는 것 정도는 충분히 알고 있다. 그렇다면 현지에서 매개를 조달하는 방법을 익히는 건 당연하다.

인형이 있다면, 주력을 흘려보낼 못은……———츠루베의 시야에 쿠기사키가 신고 있는 부츠의 '핀힐'이 잡혔다.

"……이, 이봐, 기다——."

발이 떨어지는 것보다 빨리, 츠루베는 쓸만한 주언을 떠올리지 못했다.

'그만'이나 '멈춰'는 의미가 없다. 츠루베의 주언은 행동의 강제가 아닌 어디까지나 '믿게 만드는' 것. 어느 정도 의미가 담긴 말이 아니면 효과가 없다.

그러나 츠루베는 이 지경에 이르러서도 마음 어딘가에선 안도하고 있었다.

쿠기사키가 노리는 것은 아마 동일한 나무로 만든 명함을 통해, 추령주법으로 실내의 주언 부적을 공격하는 것.

하지만 대상의 폭이 너무 넓다.

고작 3급 주술사가 주력을 흘려보내봤자 방에 붙여둔 수많은 부적에 퍼질 대미지는 미미한 수준에 그칠 것이 분명하다.

괜찮아. 문제없어. 츠루베는 안도했다. 안도하기 위해 자신에게 자기 말을 들려주고 있었다.

그러나 주술로 세뇌한 쿠기사키에게 들은 건 어디까지나 술식의 설명뿐.

그래서 몰랐다. 알지 못했다.

그녀는 '3급 주술사 따위'가 아니며, '껌인 듯한 생초짜'도 아니라는 것을.

안이한 잣대로 재도 되는 존재가 결코 아니라는 것을.

"소용없다, 망할 애새끼! 헛된 발버둥은——."

"'닥치'라고 했지!"

그녀가 '쿠기사키 노바라'라는 것을.

"크억——아, 아아아아아아아아아아아아아아아아아아아아아아아아아!!"

쿠기사키가 인형과 명함을 핀힐로 단숨에 꿰뚫은 순간.

날카롭게 벼려진 주력이 용솟음치며 모든 부적이 타올랐다.

그뿐만 아니라 부적과 링크돼 있던 츠루베의 혀까지 고통스럽게 터졌다.

"아! 아아, 아아아아아! 아각! 흐아아! 하흐아아아아아아!"

꽃이 피듯이 갈라진 혀의 격통에 몸을 뒤틀며 츠루베는 버둥거렸다.

쿠기사키는 그런 츠루베를 내려다보며 느긋하게 책상 서랍을 열었다. 그리고는 역시나 안에 들어 있던 망치와 못, 지푸라기 인형을 되찾았다.

"아아아, 아아아아, 아아아아아! 아—, 아—!"

츠루베는 바닥을 기어가다가 이윽고 앞으로 고꾸라질 것 같은 자세가 되어서까지 출입구를 향해 달려갔다. 아무리 고통스러워도 목숨의 위기가 느껴지자 일단 도주를 시도한다. 참으로 더러운 생명력이라고 쿠기사키는 생각했다.

하지만 놓칠 수는 없다.

주언에 취해 있던 동안, 얼마나 많은 정보를 불어버렸을지 알 수 없다.

아예 이 자리에서 '처리'하는 편이 좋을지도 모른다.

쿠기사키는 못을 허공에 던지고 망치를 높이 치켜들었다.

"——'죽이 지 마'."

까슬까슬하게 쉰 그 목소리는 쿠기사키가 못을 치기 직전에 들려왔다.

"아아아, 흐아아아아, 아!"

그래서 공중에 던진 못의 탄환은 츠루베의 발목을 베어 움직임을 멈추게 하는 것에만 그쳤다. 그것만으로도 츠루베는 도주할 수 없게 되었다.

쿠기사키는 그걸 확인하고…… 바닥에 무너져내려 아직도 목을 부여잡고 있는 이누마키에게로 시선을 떨어트렸다.

"………… 가다랑어포 …… ."

"…… 저기요."

어휘는 여전히 주먹밥 재료.

하지만 쿠기사키는 알 수 있었다. 이누마키가 다친 목을 쥐어짜 만들어낸 의미가 담긴 말은 결코 츠루베를 걱정해 나온 것이 아니었다.

쿠기사키가 생명을 앗아가는 무게를 짊어지지 않게 하려고 꺼낸 말.

주술사는 목숨을 빼앗고 빼앗기는 것을 피할 수 없는 업종인데도.

"당신들은 너무 다정하다고요. 주술사 주제에."

머리에 떠오른 것은——전투 뒤에 가장 먼저 자신을 긱징했던 동료의 말.

쿠기사키는 같은 배려를 알고 있었기에 알 수 있었다.

이누마키의 말이 어마어마하게 다정하다는 것을.

츠루베와 코이즈미 두 사람을 고전에 인도하고 사건에 대한 보고까지 마친 뒤, 쿠기사키와 이누마키가 간신히 여유를 찾은 것은 다음날이 되어서였다.

"그나저나 노바라랑 토게, 휴일에 난데없는 날벼락이었네."

"연어연어."

판다의 말에 이누마키가 이어 말했다.

쿠기사키가 피곤하다는 듯이 어깨를 늘어트리며 대답했다.

"내 말이요. 하여간, 가방은 사지도 못하고, 힐이 부러지고."

고전에 있는 휴게실.

쿠기사키는 한 손에 뜨거운 차를 들고 2학년 선배들 사이에 끼어 있었다. 보고를 마친 이누마키를 데리러 온 판다와 마키 사이에 끼어버린 형태였는데, 1학년들과 비교해도 정말 잘 뭉치는 학년이라고 쿠기사키는 생각했다.

"……그러고 보니 임무 타이밍 때문도 있지만 노바라랑 이렇게 느긋하게 얼굴을 마주하는 건 조금 오랜만인데?"

턱을 괴고 물끄러미 바라보는 마키에게 쿠기사키는 고개를 끄덕였다.

"확실히 그러네요. 하지만 고작 1, 2주 정도 아니었어요?"

"그렇긴 하지."

얼굴을 한번 본 것만으로도 마키는 알아차렸다. 아니, 판다도 마찬가지다. 물론 이누마키도 알아차렸을 게 틀림없다.

그런 2학년들의 시선에 쿠기사키는 눈을 깜빡였다.

"……제 얼굴에 뭐 묻었어요?"

"잠깐 안 보는 사이에 멋진 얼굴을 하게 됐네."

"아, 아시겠어요? 괜찮은 파운데이션을 샀거든요."

"주술사다운 얼굴이란 뜻이야. 지금 대련하면 전과 다른 결과가 나올지도 모르겠어."

태클을 걸면서도 마키는 그 변화를 확실하게 느끼고 있었다.

여름 전까지지는 누구나가 풋풋한 후배라고 생각했다.

하지만 우연한 깨달음으로, 궁지에 몰렸을 때의 각성으로, 혹은 사람과의 연결점에 의해 쌓아 올린 수련이 개화하는 경우가 있다. 지금은 미숙함이 남아 있더라도 눈 깜짝할 사이에 색색으로 물들어 간다.

한 송이의 들장미(노바라)가 바로 지금, 개화를 이어나간다.

전투 훈련에 어울려줬던 2학년들이기에 그 사실을 생생하게 느낄 수 있었다.

그렇게 칭찬받은 것에 쿠기사키는 순간 낯간지러워하는 얼굴을 했지만 판다 옆에 있는 이누마키를 보고 살짝 눈을 내리깔았다.

"그래도 들뜨기엔 조금 이르지 않나 싶어요."

"뭐야? 웬일로 겸손을 떨고 그래?"

"그야 이번 사건은——."

"가다랑어포."

그렇게, 이누마키 쪽을 보며 입을 여는 쿠기사키를 바로 그 이누마키가 가로막았다.

무엇보다 '지금의 쿠기사키'의 성장을 직접 본 건 이누마키 자신이다. 그렇기에 이곳에 있는 누구보다도——이누마키는 쿠기사키가 가슴을 펴길 바랐다.

"이누마키 선배……."

"다시마."

"……그래요? 그럼 겸손 떨진 않을게요."

"연어알 젓갈."

"확실히 제가 생각해도 징그러울 만큼 저답지 않았죠. 하지만 말이 조금 너무 심한 거 아녜요?"

"명란젓."

"그렇다고 그런 소리까지 하라곤 안 했거든요? 어이!"

장난기에 가속도가 붙어버린 듯한 이누마키의 말에 눈 깜짝할 사이에 뚜껑이 열려버린 쿠기사키. 휴게실 풍경이 시끌벅적해져 갔다.

"……노바라, 잠깐 못 본 사이에 토게의 말을 너무 잘 알아듣게 된 거 아냐?"

판다가 고개를 갸웃거렸지만 이것도 성장이라면 성장이다.

성가시면서도 흐뭇한 후배의 모습을 선배들은 따뜻한 눈으로 지켜봤다.

쿠기사키
노바라
2014.12.08

제2화 이곳에 있지 않다 해도

이름이란 사람이 태어나면 처음으로 주어지는 '바람'이다.

코키치(幸吉)란 이름에 어떤 바람이 담겼는진 확실하지 않다.
단, 무타 코키치는 그 기원이 허망한 것이라는 점만큼은 잘 알고 있었다.
하늘은 두 가지를 주지 않는다.
주어진 건 주력.
주어지지 않은 건 자유.
강대한 힘을 행복이라 부를 수 있었다면 얼마나 마음 편했을까?
적어도 그에게 있어 그것은 행복 같은 것이 아닌, 저주라 불러야 할 만한 것이었다.
——천여주박(天與呪縛).
생물로서 가지는 건강하고 건전한 육체가 무타 코키치가 가진 힘의 대가였다.
달빛에조차 타버리는 연약한 피부. 오른팔과 두 다리가 없는 육체는 생명 유지 장치가 갖춰진 어두컴컴한 밀실에서 한 걸음도 나가지 못한다.
대신 막대한 주력과 광활한 범위의 술식을 겸비했다.
한 번도 원한 적 없는 거래는 그가 태어난 순간에 성립됐다.
자유를 빼앗긴 어두운 방 안에서 무타 코키치는 TV 속 공상에 구원을 갈구했다. 그러지 않았다면 도저히 제정신으로는 있을 수 없었을 것이다.
특히 한 로봇 애니메이션이 무타 코키치의 마음에 남았다.
어린이를 위한 작품이었지만 기계로 가득한 어두컴컴한 콕핏 풍경이 자신의 환경과 겹쳐 보였다.
자신도 픽션 속에 그려진 기계 히어로의 내부에 있다고——그렇게 몽상하는 것이 코키치에겐 작은 위안이 되었다.
그것은 결코 꺾이지 않은 강철의 영웅담.
어지럽게 날아다니는 미사일은 업화처럼 뜨겁고, 로켓 펀치는 바람보다 빠르다.
강철의 몸이 마찰해 불꽃을 뿌리며 맞서 싸운다.
칼에도, 총에도 굴하지 않는다. 그 어떤 상처를 입어도, 괴로운 운명을 짊어져도, 결코 꺾이지 않는다.
폭풍처럼 싸우고, 몇 번이든 다시 일어선다.
그리고 반드시, 마지막엔 동료들의 곁으로 돌아간다.
그 로봇의, 이름은——.

"메카마루. 너, 뭔가 반질반질해지지 않았어? 파운데이션이라도 바꿨나보지?"
"그럴 리가. 판다에게 성대하게 파괴되는 바람에 완전히 새 것으로 바꿨다."
"말로 옮기니까 뭔가 흐뭇한 이미지가 돼버리네요."
교토 부립 주술 고등 전문학교 2학년 교실.
배려고 뭐고 없는 마이의 질문과 미와의 리액션에 메카마루는 오른팔 관절의 상태를 확인하며 대답했다.
"그 판다, 묘하게 귀엽지 않단 말이죠. 말투가 꼭 아저씨 같다고 할까."
"판다가 판다가 아닌 고릴라였고."
"무슨 말인지 잘 모르겠어요."
"너 혼자 우에노 동물원이랑 교류전을 치르고 오기라도 했어?"
"자아~, 잡담은 슬슬 삼가주세요~."
짝 손뼉을 치며 타나베란 이름의 남자 보조 감독이 사투리 억양이 묻어나오는 말투로 끼어들었다.

타나베는 교실의 불을 끄고 빔프로젝터로 새하얀 벽에 교통사고 현장의 사진을 띄웠다. 전통 양식으로 건축된 교실과 묘하게 어울리지 않는 광경이지만 딱히 하루 이틀 일은 아니다.

단, 기분 탓인지 어딘가 뿌듯해 보이는 타나베의 모습에서 마이와 메카마루는 '아, 그냥 이걸 써보고 싶었구나' 하고 내심 짐작하면서도 타나베의 말에 귀를 기울였다.

"교토를 중심으로 빈번하게 발생하고 있는 교통사고가 주저사의 짓으로 판명되었습니다."

"주저사? 주령은 아닌 건가요?"

"사고 현장에서 목격된 건 자연 발생한 주령이 아닌 식신이었다고 합니다. 이 사실을 통해, 모종의 술식으로 자동차의 제어를 의도적으로 망가트리는 주저사의 존재가 의심되어어~ 조사해 봤더니……."

미와의 질문에 대답하며 타나베가 컴퓨터를 조작하자 영상이 팟 바뀌었다.

교토를 내려다보는 구도의 지도.

포인트로 찍힌 몇 개의 지점은 사고가 발생한 현장이다.

"이들 교통사고 현장과 여기서부터 되짚어 쫓아간 잔예의 위치 관계를 토대로 추측하면, 주저사가 이 위치를 거점으로 삼고 있을 가능성이 높단 말이죠오~."

"——히에이산?"

마이는 지명을 입에 담으며, 동시에 눈살을 찌푸렸다.

당연하다.

역사적으로 지명도가 높다는 사실은 때때로 마이너스 사념이 모여드는 계기가 된다.

히에이산 하면 엔랴쿠지 사찰 방화 사건이 유명하다. 오다 노부나가의 승려 학살은 남녀노소를 가리지 않았으며 어린아이에게도 가차 없었다고 한다. 그 역사적 사실의 가혹함 때문에 심령 명소로도 이름이 높다.

하지만 바로 그렇기에 마이는 고개를 갸웃거렸다.

"두 눈 멀뚱히 뜨고 히에이산 같은 곳에 주저사가 눌러앉게 내버려 뒀다는 거야?"

"네~. 무척 지당한 의문입니다~."

타나베는 고개를 끄덕이고 이어 말했다.

"당연히 평소라면 중요 경계 지역인 히에이산에 주저사가 숨어드는 건 불가능했겠죠. 엔랴쿠지 주변에는 현재 고전 관계자도 빈번하게 오가고 있고, 수상한 인물이나 흔적을 놓칠 리 없으니까요."

"하지만 놓쳤잖아."

"여기엔 물리적인 이유가 있어서 말이죠오~."

"한 달 전에 뉴스에 나온 그건가?"

"얼티밋 씨가 말한 대로입니다."

"얼티밋은 성이 아니다."

작게 뿜는 두 사람분의 소리에 메카마루는 금속의 마찰음을 울리며 고개를 돌렸다. 미와는 아직 웃고 있었지만, 마이는 얘기가 복잡해지는 걸 피하려는 듯이 대화의 꼬리를 잡았다.

"설마 갑자기 유독 가스가 분출됐다는 곳?"

"맞습니다. 원래는 시가 현의 모 자동차 딜러의 정비 공장 터여서 폐차장이 있었는데 불완전연소 배기가스와 매우 흡사한 기체가 가득 차올라 거기에 장막을 덮었다는 것 같습니다."

"주술사는 물리적인 이유로, 가스 사고에 대처할 수 있는 사람은 인식적인 이유로 출입이 불가능해졌다는 건가."

"가스 사고라고 했지만 이렇게 오래 이어질 리는 없으니 장막이 가스가 날아가지 않게 잡고 있을 가능성이 있네. 지속 시간이 긴 만큼, 침입 자체는 간단하지 않으려나?"

"그럼 가스 마스크랑 정찰용 식신 같은 걸 쓰면 되지 않나요?"

"보나 마나 인간이 들어갈 수 있는 환경이 아니니까 주저사도 있을 리 없다고 하다가 초동 대응이 늦어졌겠지. 가스 사고가 너무 오래 지속되니까 나중에 조사해 봤고, 그 결과 장막이 내려와 있었다는 흐름일 거고."
"……말씀하신 대로입니다, 네에~."
미와와 마이의 대화에 타나베는 살짝 주눅이 들어 보이는 동작을 취했다.
"그 주저사에 대한 정보는 없고? 실력이나 술식 같은 거."
"술식은 아마도 식신을 매개로 한 단순 물체 조작 같습니다아~. 조작 대상을 '자동차 기능'에 한정하는 것으로 술식 범위와 강제력을 상승시켰을 가능성이 있어요……. 게다가 술식 범위가 넓은 걸 보아, 준1급 이상이라 추측하고 있습니다."
"확실한 게 없네."
"아무래도 시내에서 벌어진 사고의 흔적으로 추리할 수밖에 없는지라……. 가스의 범위가 넓어서 식신으로 조사하는 것에도 한계가 있어서요오~. 시간을 충분히 들여 직접 조사에 들어갔다가 도망이라도 치면 곤란하고요. 섬멸과 포박의 가능성을 시야에 넣고 직접 돌입해야 하죠."
"하지만 당장의 문제가 독가스여선 주술사의 등급이 몇이든 방법이 없지 않나요? 하물며 고전 학생에게 안건을 들고 와봤자——."
여기까지 말한 뒤, 미와의 시선이 메카마루에게 닿았다.
"예상하신 대로 이 교토교에는 인간에게 유독한 환경에서도 광대한 술식 범위를 살려 원격으로 활동할 수 있는 주술사가 있죠. 이번 임무에 적임이 아닐까 합니다."

"메카마루의 단독 임무란 건가요?"

"기본적으로는요. 젠인 씨와 미와 씨는 저와 함께 시내 경계를 부탁드릴까 합니다."

"허드렛일이잖아."

불평하면서도 마이의 시선 역시 메카마루를 좇았다.

메카마루의 표정에는 변화가 없었다. 그런 기능이 없기 때문이다.

반면, 마이는 뻔히 보일 만큼 기분이 안 좋아졌고, 미와의 표정 역시 납득했다고는 말하기 힘들었다.

그것이 구체적으로 어떤 의사를 표명하는지에 대해선 아무도 추궁하지 않았다.

다만.

"문제없다. 적임인 건 확실해."

메카마루는 담담하게 대답했다.

단풍이 찾아오기에는 이르지만 교정의 나뭇가지 끝이 조금씩 가을빛으로 물들기 시작했다.
'부업'에 사용하는 소형 꼭두각시가 아닌, 어디까지나 인간과 동일한 신장을 가진 '메카마루'로 바라보는 교토교의 경치를 코키치는 좋아했다.
꼭두각시 너머의 세계는 어쩐지 유리창을 사이에 두고 바라보고 있는 듯한 격리감이 느껴지기에 조금 아쉽지만 지금은 어쩔 수 없는 일이라고 포기하고 있다.
어디까지나 지금은.
"……말하자면 거점 제압 임무인가?"
이제 와 다시금 생각해보니, 메카마루 한 대가 아니라 사용할 수 있는 모든 꼭두각시를 전력으로 투입하면 물량으로 어려움 없이 제압할 수 있는 사건이다.
그러나 '내통자'로서 활동하고 있는 이상, 고전에 등록해둔 것을 제외한 다른 스페어의 존재는 가능한 한 비밀로 하고 싶었다. 게다가 지금은 '비장의 수단'을 포함해, 특급 주령과 싸우기 위한 전력을 조금이라도 온존해두고 싶기도 했다.
무언가 비밀을 만들면 고통스러운 건 자신뿐이라고 코키치는 내심 통감했지만…… 그것을 진실로 깨닫게 된 것은 이 직후였다.
"——메카마루."

주변 경치에 집중한 나머지 발소리를 듣지 못했나보다.
누군가의 목소리를 듣고서야 메카마루는 고개를 돌렸다.
"……카모인가."
"교류회의 피로는 남지 않은 것 같구나."
"어차피 다친 건 내가 아니었어."
"그랬지."
카모의 태도에선 딱히 미안함이 느껴지지 않았다. 메카마루는 그것보다 카모의 얼굴을 덮은 아직 풀지 못한 붕대 쪽이 신경 쓰였다.
"……그쪽이야말로 괜찮…… 나?"
"걱정할 것 없어. 돌아다니는 데 지장이 없는 정도의 경상이니까."
그럼 다행이군. 그런 가벼운 대답은 할 수 없었다.
교토교 사람들에겐 손을 대지 않겠다. 누더기 주령과 맺은 구속과 달리 난입해 온 특급 주령은 소속 학교를 가리지 않고 공격했다.
예상 밖이었지만 코키치도 그 원인의 일부였다.
카모의 부상은 코키치의 행동이 낳은 비틀림 중 하나와 마찬가지다. 메카마루에 표정을 반영하는 기능이 없는 것이 비밀을 만드는 데에 큰 도움이 되고 있긴 했다.

그럼에도 침묵까지는 감출 수 없었다. 카모는 그것을 단순한 걱정으로 받아들였다.

"그렇게 유난 떨 건 없다. 야구도 할 정도니까 정말로 걱정할 것 없어."

"……그러고 보니 교류전 두 번째 날은 야구 대결을 했다고 했지."

"질 나쁜 농담인 줄만 알았지."

"터무니없군. 고죠 사토루."

"정말 그래."

카모의 표정은 옅었지만 뭔가 좋은 일이라도 있는지 메카마루의 눈에는 평소보다 즐거워 보였다.

그래서인지 왠지 모르게 물어보고 싶은 화제가 있었다.

"나 대신 피칭 머신이 나왔다고 했던가?"

"…………."

누군가에게 들었다는 식으로 말했지만 사실은 감시용 소형 꼭두각시를 통해 전부 지켜보았다.

그런데도 굳이 이 화제를 던진 이유는 대놓고 참가할 수 없었던 것에 대한 미약한 쓸쓸함 때문. 최소한 떠들썩한 행사 속에 자신의 모습도 있었다는, 그런 기분을 느끼고 싶었던 것뿐이지만…… 침묵한 카모는 예상외로 마치 가시방석에 앉은 듯한 느낌이었다.
"딱히 책망하는 건 아니다만."
"이오리 선생님이 일단 하는 이상, 베스트 멤버로 승리를 노려야 한다고 하여……."
"……그 사람, 스포츠나 고죠 사토루 문제가 되면 조금 이상해지지 않나?"
"그런 점이, 있긴 하지."
카모는 메카마루의 옆에 서서 같은 나무를 바라보았다.
한 번씩 불어오는 가을바람이 볼을 스치고 지나가는 잠깐의 침묵 뒤, 카모 쪽에서 입을 열었다.
"히에이산을 조사하러 간다고 들었다."
"소문이 빠르군."
"특별히 비밀로 할 일도 아니거니와, 좁은 고전 내에선 금방 퍼지지."
"대단한 임무는 아냐. 독가스를 은신처로 삼는 주저사다. 독소가 통하지 않는 내가 가면 빠르게 정리되겠지."
"사전에 예측한 상성만을 전제하는 건 위험해."
"예상치 못한 사태가 발생해서 이 몸이 망가진다고 해──."
"메카마루."
말을 가로막듯이 카모가 말을 더했다.

"수도나 전력이 그렇지만 교통망 같은 인프라를 공격하는 주저사는 의뢰를 받아 암살로 먹고사는 자인 경우가 많다. 이대로 수수방관하면 수많은 희생자가 나올 거야. 임무에 참가하겠다는 빠른 결정은 칭찬받아 마땅해."

"갑자기 치켜세우다니, 뭐지?"

"반면, 넌 '메카마루'를 소모품으로 여기는 구석이 있다."

"사실이지 않나."

"사실이지. 그 몸이 파괴돼도 네 목숨이 위험해지는 건 아니니까. 그래서 대형 기술로 과감하게 승부에 나설 수 있는 거야. 이번 같은 임무에 망설이지 않고 참가할 수 있는 것도 재능이긴 해. 하지만…… 생사에 영향이 없는 싸움에 익숙해지고 그것이 긴장감 결여로까지 이어지면, 방심이라는 안 좋은 버릇이 생길 수 있다. 어디까지가 위험인지 잘못 판단하는 일도 생길 수 있지."

"…………."

수많은 경우에선 카모의 충고가 옳을 거라고 코키치는 생각한다.

하물며 얼마 전 교류회에서의 판다와의 교전.

얼티밋 캐논(三重大祓砲) 사용 뒤, 완전히 죽었을 거라고 과신한 탓에 접근을 허락해서 패배한 메카마루로서는 반론이 불가능했다.

“게다가 마이는 둘째치고.”

“마이가 왜 나오지?”

이 이야기의 흐름에서 마이의 이름이 왜 나오는가. 메카마루는 고개를 갸웃거렸지만 이어진 이야기로 의문이 풀렸다.

“‘메카마루’가 파괴된 모습을 보고서 미와는 적지 않게 동요했다.”

“……그 녀석은 출신이 뿌리부터 주술사는 아니니까. 하지만 가짜 몸이 파괴되는 것에 일일이 동요해선 버티지 못할걸.”

“네가 동급생으로서 마이와 미와와 함께 하루하루를 보내는 건 ‘메카마루’의 몸이다.”

“……무슨 말이 하고 싶지?”

“조금은 마음을 쓰라는 거지. 특수 환경에서의 단독 임무야. 행동 불능에 빠지면 ‘메카마루’의 폐기로 이어진다는 걸 염두에 둬.”

그렇게 말한 뒤, 카모는 자신이 왔던 복도 쪽으로 걸어가기 시작했다.

“그 몸도 이미 혼자는 아니다.”

이미 등을 돌린 뒤였기에 메카마루에겐 카모의 표정이 보이지 않았다.

코키치는 뭔가 더 말해야 할 것 같다는 기분이 들었지만…… 가슴에 떠오른 감정은 말의 형태로 나오는 일 없이 엉망으로 엉클어지다가 이윽고 가라앉았다.

느긋하게 경치를 구경할 마음이 사라져 메카마루는 기숙사로 이어지는 복도를 걸었다.

코키치는 때때로 이 행위에 위화감을 느끼곤 했다.

메카마루의 신체를 처음 마련했을 때는 애니메이션에 나올 법한 로봇을 움직이는 것에 마음이 설렜지만 막상 이것으로 생활을 해보니 은근히 부자연스러운 것이 있었다.

고전 내에서 움직이는 몸은 어디까지나 '메카마루'로 그것을 조종하는 주술사 본인은 아니다. '코키치'는 생명 유지 장치가 있는 방에서 단 한 걸음도 나오지 않았다.

그럼에도 불구하고 기숙사 방 하나를 배정받은 건 단순히 인간 사이즈의 물체를 과하거나 부족함 없이 수용할 공간으로 딱 맞았기 때문이리라.

머리로는 알고 있지만 메카마루가 방에 돌아가는 행위는 리모컨 카를 차고에 주차하는 것과 동일한 행위일 뿐, 인간다운 무언가는 아니다.

하지만 인테리어를 손보거나 홀로 TV를 볼 수 있는 공간 자체는 쾌적했다. 평범한 인간으로 대입해 말하면, 화면 너머 게임 속에서 편히 쉬고 있는 감각에 가깝달까?

그래도 마음은 안정되므로 한가할 때는 방으로 돌아간다. 다른 학생과 전혀 다를 것이 없다.

단, 그날은 방까지 문제없이 도착할 수 없었다.

토도 아오이.

메카마루라는 '특이'한 존재가 봐도 한층 더 '특이'하다고 할 수 있는 남자가 복도 창문으로 밖을 보고 있었다.

실내에서 보니 커다란 체구가 한층 더 거대해 보여, 순간 곰이라도 마주친 듯한 기분이 들었다.

이 체구와 독특하면서도 확고한 철학, 그리고 강한 자아를 밀어붙이는 실력까지 겸비하고 있기에 그 위압감은 절대 어중간하지 않다.

적으로 돌리면 성가셔질 위협적인 존재, 아군이어도 든든하지만 성가신 존재.

교류회의 야구 시합에서는 데드볼을 얻어맞았는데 적과 아군 모두가 투수에게 성원을 날렸다.

토도의 강한 자아엔 코키치도 진저리를 치는 부분이 있지만 특급 주령의 난입에 대처한 것도 토도였기에 이 정도쯤 되면 딱하지 않나 싶다. 물론, 메카마루의 입장에서 그런 생각을 하는 건 심정이 복잡하지만.

그런데…… 오늘 토도의 기분이 안 좋아 보이는 건 야구 때문은 아닌 듯했다.

"무슨 일이지? 의기소침해 보이는데."

"녹화에 실패했어."

"뭐라고?"

"교류회 당일 방영한 산책 프로그램에 타카다가 게스트로 출연했다."

"그러고 보니 그런 말을 했지."

가쿠간지 학장의 말을 무시하면서까지 방을 나갔던 걸 기억한다.

늘 그랬긴 했지만 정말 어이없는 짓을 벌인다고 코키치는 생각했다.

"하지만 도쿄교의 블루레이 리코더가 고물이었는지, 주령들이 난입한 영향인지는 몰라도 분명 예약해뒀는데 녹화되지 않았어."

"기숙사 쪽에서 녹화해 두진 않았나?"

"내가 내 집에서 녹화에 실패했을 것 같아? 그쪽은 당연히 성공했지.”

“뭐가 문제지……?”

여기서 ‘그럼 된 거 아냐?’라고 말하면 토도의 뚜껑이 열려버릴 것이다. 그렇기에 코키치 나름대로 말을 골랐다. 물론 그래도 토도는 이마에 핏줄을 세웠지만.

“넌 팔에서 빔도 나가니까 타카땅 빔도 알고 있겠지?”

“처음 듣는다만?!”

“어째서 모르지? 빔을 우습게 보는 거냐?”

“……다음에 조사해 두지.”

메카마루의 볼이 부드러운 재질이었다면, 대체 왜 화를 내는지 모르겠다며 볼을 부풀렸을지도 모른다. 불편한 얼굴에 가끔은 감사하게 되는 일도 있다.

“타카땅 빔은 타카다의 아이콘이라 할 수 있는 포즈다. 아마 모레 심야 퀴즈 방송에서도 할 테니까 체크해 둬.”

“그래서 그 타카땅 빔과 교류회 때의 녹화가 대체 무슨 상관이지?”

“방송에서 마침 타카땅 빔을 발사하는 순간에 교토권에서만 교통 정보 자막이 지나갔어. 시기를 볼 때, 어디 사는 주저사와 얽힌 교통사고였겠지.”

“…………..”

호탕한 건지 섬세한 건지 모르겠다고 코키치는 생각했다.

단, 토도의 이마에 불끈 솟아오는 새파란 핏줄이 심상치 않아서 격분──이라는 표현도 부족할 만큼 열이 올라 있다는 건 알 수 있었다.

"네가 대처하러 간다지? 그 주저사."

"정말로 다들 알고 있군."

"확실하게 때려눕혀야 한다. 쓸데없이 피해를 늘렸을 뿐만 아니라, 타카다의 멋진 무대 중 하나를 더럽혔어."

진지한 말을 듣고 있다는 기분은 들었지만 코키치로선 떨떠름했다. 그런 마음이 태도에 드러났는지 토도가 눈썹을 치켜세웠다.

"할 마음이 있는 거냐, 이 자식."

"할 마음은 있지만."

"그럼 대답할 수 있을 텐데? 메카마루, 결국 넌 어떤 타입의 여자를 좋아하지?"

"대체 왜 그런 흐름이 되지?"

"이번 사건, 네겐 짐이 너무 무겁군."

토도는 조용히 한숨을 쉬었다.

코키치는 토도의 실력을 안다. 그러나 순수하게 실력과 태도 모두 주술사로서 높이 평가하고 있는 카모에 비해, 토도의 언동은 괴상하며, 이해가 되지 않는다.

그렇기에 그의 언동이 신경을 건드리기도 했고, 알 수 없는 이유로 자신에게 실망하는 것이 마음에 들지 않았다.

"무슨 의미지?"

"성적 기호에는 개인의 모든 것이 반영되지. 하지만 넌 지금 바로 이 순간까지 내 질문에 대답한 적이 없어. 취향이 없는 게 아니라 숨기고 있는 걸 테지. 당당하게 성적 기호도 주장하지 못해선 어엿한 주술사라고 할 수 없어."

"그 논리가 정말로 옳다고 생각하나?"

"그거야 당연하지. 가슴을 펴지도 못하는 남자에게 승리가 있을 리 있나."

그 말만 남기고 토도는 쿵쿵 무거운 소리를 울리며 복도를 걸어 떠났다.

자신에게도 평범한 몸이 있었으면 스스럼없이——.

거기까지 생각한 뒤, 딱히 평범한 몸이었어도 성적 기호를 폭로하는 취미는 없었을 거라며 코키치는 냉정을 되찾았다. 토도의 논리에는 열기가 있지만 역시 궤변이라고 생각한다.

그래도 왠지 모르게 떳떳하지 못한 사정을 간파당한 듯한 죄악감이 반, 만약 대답했다면 의외로 신나게 이야기를 나눴을까 하는 미미한 흥미가 반 남았다.

우여곡절이라고 할 만한 일이 있었는지는 제쳐두고, 메카마루가 조사를 위해서 히에이산으로 가야 하는 날이 찾아왔다.

회색 하늘에 안개비가 옅게 깔린 날이었다.

비 때문에 공기가 차게 식었다는 건 알지 못해도, 금속으로 만들어진 손가락의 움직임이 조금 둔한 건 느껴졌다. 불편하지만 생각하지 못한 운치는 있다.

결행 시각은 오후로 결정됐다. 산속까지 데려다줄 차를 기다리는 동안, 메카마루는 고전 내에 있는 자판기 스페이스에 있었다.

물론 주스나 커피를 마실 수 있는 건 아니다.

그저 한가함을 주체하지 못한 학생이 뭔가를 마시며 휴식을 취하는 모습이 인상적이었기에 그것을 흉내 내보는 것에 불과하다.

"메카마루, 이런 곳에 있었나요?"

"미와? 무슨 일이지?"

고개를 들어보니 마이에 니시미야까지 있었다.

교토교의 여학생 트리오는 사이가 좋아서 2학년과 3학년의 벽을 무시하고 같이 다니는 모습은 보기 드문 것이 아니다. 단, '왜 다 같이 메카마루를 찾아왔는가'란 것이 코키치의 의문이었다.

전에 마이와 니시미야의 질 나쁜 장난기로 밸런타인 때 미와에게 AA 건전지를 받은 일이 떠오른다. *애볼타를 좋아한다는 얘기를 들었다고 한다. 대체 뭘 먹고 살아야 그런 발상을 떠올리나 싶어 머리를 감싸쥐었다.

아니, 그게 아니어도 이 트리오는 질 나쁜 장난기의 화신이라 할만한 부분이 있다.

다른 지역에서는 교토는 여자가 무섭다고 한다는데, 세상을 많이 알지 못하는 코키치도 그건 알 것 같았다.

그들의 태도는 오늘도 크게 다를 바 없었지만 이야기의 내용은 경계할 만큼 악취미적인 것은 아니었다.

"메카마루, 손, 내밀어봐."

"…………."

일단은 선배인 니시미야가 말하면 거절하기 힘들다.

어느 쪽을 내밀지 잠시 망설인 뒤, 메카마루는 오른팔을 내밀었다.

미와가 주머니에서 무언가를 꺼내 메카마루의 팔——무장 전개를 방해하지 않는 손목의 이음매를 노려서 무언가를 그곳

*애볼타: 일본의 건전지 상품명. 로봇형 캐릭터가 있음.

에 끼웠다.
"이건……."
메카마루에겐 표정을 전환하는 기능이 없다.
그렇기에 메카마루 너머의 코키치가 눈을 동그랗게 떴다.
그것은 싸구려 스크런치였다.
아니, 그것 자체는 놀랍지 않지만……. 그것에 달린 작은 키홀더가 흔들렸다.
SD, 라고 하던가? 데포르메화한 2등신 캐릭터에 작은 체인이 달린 캡슐 토이라 불리는 그것.
부드러운 플라스틱에 색을 칠한 물건이지만 그것이 금속 장갑을 재현하기 위해 도색됐다는 건 데포르메 되었어도 알 수 있었다.
그것은 즉, 로봇 키홀더.
로봇처럼 생긴 메카마루에게 작은 로봇이 매달려 있는 게 재밌는지 마이가 쿡쿡 웃었다.
"어제 셋이 같이 쇼핑하러 갔는데, 평소엔 잘 가지 않는 아반티 6층에 가봤거든요."
"아반티? 그게 어디지?"
자유롭게 돌아다닐 수 없는 메카마루가 고개를 갸웃거리자, 니시미야가 대답했다.

“교토역에서 하치죠도오리 쪽으로 나오면 있는 곳. 마이가 게임 센터에서 총을 쏘고 싶다고 했거든.”

“그런 말 안 했거든?”

“그래도 의외로 재밌었잖아요. 아키하바라가 아닌데 뽑기 기계가 그렇게나 많이 있는 곳은 처음 봤어요.”

“하지만 그거, 생각보다 비싸니까 중독되면 상당히 곤란할 것 같아. 못생기고 귀여운 고양이 키홀더를 가지고 싶었는데, 계속 돌리다 보니까 돈이 물처럼 빠져나가버렸어.”

“모모는 파칭코 같은 건 안 하는 게 좋은 타입으로 보였어.”

“귀엽지 않은 표현은 하지 말아줘, 마이.”

소리 없이 쿡쿡 웃는 마이와 입을 비죽이면서 불평하는 니시미야.

아, 사이 좋구나, 하는 생각이 든다.

“그곳에서 우연히 이 키홀더 뽑기 기계를 발견했거든요. 깜짝 놀랐다니까요? 설마 ‘메카마루’ 키홀더가 있다니.”

“……그래. 나도 놀랐다.”

물론 이것이 ‘얼티밋 메카마루’와 닮은 건 아니다.

조금 더 히어로익한, 애니메이션에 등장하는 로봇.

즉, 그것은 메카마루가——메카마루를 조종하는 무타 코키치가, 과거에 열광하고 꿈을 꿨던 애니메이션에 등장하는 우상의 히어로.

동경의 원점이 그곳에 있었다.

"이걸 봐버린 이상, 반드시 메카마루에게 달아줘야 한다고 마이가 그래서요."

미와가 말하자, 마이가 입가를 가리며 웃었다.

"좋잖아? 메카마루 온 메카마루. 어울려……. 푸풉."

"뿜지 마, 마이. 그런데 전치사가 '온' 맞나?"

오른팔을 들어 올리자 짧은 체인을 기점으로 '메카마루'가 달랑달랑 흔들렸다.

바람 때문에 날씨가 변한 걸까?

안개비가 옅게 깔린 구름 너머로 내리쬐는 빛이 조금 밝아지면서 메카마루를 비췄다.

인공 눈동자 너머로 보이는 풍경이 살짝 눈부셔서 코키치는 눈을 가늘게 좁혔다.

"메카마루 씨, 시간이 됐습니다."

보조 감독 타나베가 통로 너머에서 말을 걸었다.

메카마루는 오른팔을 소중히 쓰다듬듯이 소매를 내려 키홀더를 옷 속에 집어넣었다.

"다녀오세요."

이미 등을 돌린 뒤였기에 그 말을 한 자의 표정은 보이지 않았다.

하지만, 목소리의 음색은, 목소리에 담긴 감정은, 메카마루를 경유해 전해졌다.

"고맙다. 다녀오지."

학교 친구에게 하는 짧은 인사. '다녀'와 '온다'라는 말속에는 귀환을 약속하는 의미가 담겨 있는 걸지도 모르겠다.

말을 입으로 옮기며 코키치는 머리 한구석에서 생각했다.

자동차 창 너머로 나무들이 스쳐 지나가는 모습은 마치 생명 사이를 빠져나가는 것 같다.

현장이 원래는 민간 시설이라 어느 정도 위치까지는 차를 타고 갈 수 있었지만 주저사의 술식이 자동차 조작이다.

들킬 만큼 가까이 가면 타나베가 위험해진다.

메카마루는 도중에 차에서 내려, 짧지 않은 거리를 걸어가기로 했다. 미안해하는 타나베에겐 신경 쓰지 말라고 했지만 그렇다고 '네, 알겠습니다'가 되진 않나보다.

마음 편하게 경치를 감상할 순 없었지만 파릇파릇한 산속의 자연이 시선을 앗아갔다.

나뭇가지가 비를 막아주는 나무들의 그림자.

낙엽이 만들어낸 융단 위를 넥타이를 매고 있는 듯한 무늬를 가진 새가 걸어갔다. 저건 박새입니다. 타나베가 떠나면서 말했다. 코키치는 머릿속으로 그 단어를 반추했다.

사전에 설명을 들은 길을 타고 메카마루는 걸었다.

미약한 바람이 불고, 비가 내린다. 새는 나무 그늘에 앉고, 낙엽 밑에서는 벌레가 기어 다닌다.

메카마루를 조종하는 코키치 자신은 방에서 한 걸음도 나오지 않았다. 그저 화면 너머를 바라보는 것만이 지금의 코키치에게 허락된 세계와의 접촉이다.

몸이 나으면 생명이 무수히 넘쳐흐르는 이 자연을 자신의 피부로 느낄 수 있을까?

문득 뇌리에 스치고 지나간다.

그러고 보니까 그 고릴라 같은 판다가 병문안을 오겠다고 했었다.

그렇다고 해서 당당하게 돌아다닐 수 있는 몸은 아니라고 생각하는데, 대체 어떻게 찾아올 생각일까?

그 판다는 외모부터가 너무 판다라 메카마루처럼 옷을 입고 있지조차 않다.

멍하니 파카와 청바지 차림에 모자를 쓰고 신칸센을 올라타는 판다를 상상해봤다. 당당하게 있으면 오히려 의심받지 않을지도 모르겠다. 낭패스럽게도 볼이 느슨해졌다.

하지만——그것은 분명 자신이 선택한 길의 끝에는 존재하지 않을 미래다.

코키치는 자신의 내부에 떠오른 감정을 무엇이라 불러야 할지 몰라, 잠시 생각에 잠겼다.

——그것은 바꿔 말하면 작은 방심이기도 했다.

갈림길에 접어들었을 때, 갑자기 엔진음이 울렸다.

번호판이 찌그러진 빨간색의 세단이 메카마루를 노려보고 있었다.

살짝 내리막인 길을 달려 내려가는가 싶더니, 금속 상자인 자동차가 중력에 이끌려 가속했다. 궤도는 단순하지만 애석하게도 면적과 질량이 어마어마했다.

메카마루는 어쩔 수 없이 동작이 큰 회피에 들어갔다. 다행히 산속이다. 나무들 사이로 뛰어들면, 직격당하지는 않는다.

세단은 메카마루를 향한 궤도를 그대로 유지하다 나무와 충돌해 멈췄다. 충격을 받은 나뭇가지에서 새들이 사사삭 날아오르는 모습이 보였다.

"마중하러 나오셨군."

메카마루는 차도를 이용하지 않고 그대로 나무들 사이를 지나 목적지를 향했다.

적의 공격 수단이 크기가 큰 이상, 장애물의 그늘에 있으면 안전하다. 그러나 주저사의 거점에 다가가면 다가갈수록 사태는 딱히 그렇지도 않은 방향으로 흘러갔다.

걸어가는 사이, 나무들의 가지에 변화가 찾아왔다.

끄트머리가 붉게 물들기 시작한 녹색이 아니라, 검게 탄 마른 잎이 가득한 숲으로 경치가 변했다. 그에 비례해, 안개비가 만들어낸 흐릿한 새하얀 시야가 가스로 가득 차며 탁해졌다.

이윽고 나무들이 가느다랗게 메마르고 시야가 탁 트인――넓은 공간이 나왔다.

그렇게 나타난 경치를 말하자면, 그야말로 차의 묘지.

그나마 형태를 유지하고 있어도 고철이라 부를 수밖에 없는 것도 있다.

소비 문명의 고름을 가득 끌어안고 있는 듯한 고철의 산 너머, 가스 때문에 불분명한 시야 저 멀리에 공장 같아 보이는 건물이 보였다.

"주저사가 몸을 숨긴다면 공장 안일까……?"

폐차에 둘러싸여 있는 공장 부지는 주저사의 술식에 너무나도 유리한 곳이다. 웬만한 수단으로는 해결할 수 있을 것 같지 않지만 머뭇거리는 사이에 침입 사실을 감지해 도망이라도 치면 곤란하다.

호랑이 새끼를 잡으려면 호랑이 굴에 들어가야 한다.

메카마루는 천천히, 그리고 충분히 경계하면서 부지 내에 발을 들였다.

녹슬고 쇠퇴한 쇳덩이의 숲.

거무스름한 가스가 가득 차올라 생명의 기척을 잃은 폐차의 미궁 안을 금속 인형이 걸어간다.

중후한 걸음 소리를 외에는 기분 나쁠 정도의 정적만이 공간을 가득 채우고 있었다.

그건 그렇고 너무 조용하다.

입구 근처에서 자동차의 견제가 있었던 이상, 주저사는 이미 침입을 알아차렸을 터. 즉시 공격이 시작돼도 이상하지 않다며 각오하고 진입한 메카마루였으나 이렇게 되면 주저사가 이미 도주를 꾀하고 있을 가능성이 생긴다.

그렇게, 코키치가 사고의 늪에 의식을 한 발 집어넣은 순간.

폐차 그늘에서 작은 무언가가 뛰쳐나왔다.

"——리모컨 카?"

그것은 매우 작은, 주행음까지 조용한 리모컨 카.

차체 위에는 누가 봐도 외부 장치로 보이는 상자형 물건과 식신의 모습.

순간, 코키치는 허점을 찔렸음을 깨달았다.

적의 술식은 자동차를 조작하는 것이라고 인식했었다. 입구 부근에서 자동차의 습격도 있어, 술식의 본질이 '자동차의 질량을 살려 적을 압사하는 것'이라고 경계하고 있었는데——이 주저사는 문명의 이기를 활용하는 타입이었다.

자신의 어리석음을 후회하고 있을 시간은 없다. 메카마루는 방심으로 인해 낭비한 시간을 메꾸기 위해 리모컨 카를 향해 신속히 왼팔을 뻗었다.

"표적은 작지만……!"

울트라 캐논(大祓砲).

왼팔을 들어 손바닥을 방사형으로 펼치자, 중앙에서 포탑이 출현했다.

출력을 억제해 순식간에 타깃을 포착해 발사하자, 관통된 리모컨 카에 불이 붙었다. 동시에 눈부신 섬광이 치솟으며 리모컨 카의 배터리로는 있을 수 없는 크기의 폭발이 발생했다.

"역시 폭약을……!"

메카마루는 왼팔에서 열기를 배출하며 폭풍이 흔들어 대는 두 다리로 지면을 힘껏 디뎠다.

그 틈을 노렸는지, 리모컨 카가 점프대 대신 폐차 위를 달리며 온갖 방향에서 두 대, 세 대 연이어 덮쳐 왔다.

의도적으로 출력을 줄인 울트라 캐논은 아슬아슬한 타이밍에 재장전을 마쳤다.

간발의 차로 발사가 가능해져 발사한 두 번째 울트라 캐논. 출력을 조절했다지만 연사가 가능한 무장은 아니다. 메카마루는 발사와 동시에 반동에 저항하지 않고 그대로 팔을 휘둘러, 리모컨 카를 후려쳐 처리해 갔다.

"……요격 준비는 만반이란 건가."

코키치는 일찌감치 상황의 불리함을 파악했다.

폭파를 일으키는 리모컨 카는 소드 옵션(刀源解放)이나 울트라 실드(劍山盾) 등의 근거리 장비로는 막을 수 없다.

필연적으로 포격을 할 수밖에 없지만 방열과 발사를 최단 시간으로 반복하게 될 팔에는 눈 깜짝할 사이에 부하가 축적될 것이다. 반격에 성공해도, 그때마다 휘몰아치는 폭풍이 메카마루의 행동 범위를 한정시켜 버린다.

메카마루가 '향후'를 위해 물량 투입을 보류하고 있는 만큼, 물량으로 공격해 오는 적에 대한 불리함이 여실히 드러났다.

그러나 메카마루와 같은 꼭두각시 직접 조작이 아닌, 식신을 매개로 한 기계 조작 술식이라면 한 번에 조작 가능한 차는 식신의 수로 한정될 터.

그렇다면 공격해 오는 수에도 어딘가에 '비는 시간'이 있다.

그 타이밍에 식신이 돌아가는 방향을 쫓으면 그곳에 틀림없이 주저사가 있을 것이다. 그렇게 생각한 코키치는 우선 적의 공격을 버텨내는 것에 전념했지만——.

"그렇게 나오기로 했나!"

적의 술식은 자동차 조작.

그 대상이 크기에 한정되지 않는다는 건 이미 겪어 알고 있었지만 적이 반드시 작으리란 보장 역시 없었다.

리모컨 카가 일으킨 폭염 너머.

폐차의 산 정상에서 거대한 그림자——탱크로리가 메카마루를 향해 떨어져 내려왔다.

적의 전술 본질은 '자동차이기만 하면 뭐든 상관없다'. 애매한 대상 지정의 장점을 살린 폭이 큰 크기 차 공격. 폭발에 의해 교묘하게 계산된 위치로 끌려 나온 메카마루는 탱크로리의 낙하에 충분한 회피 동작을 취할 수 없었다. 피하는 것에 성공해도 팔이나 다리 한쪽은 잃을지도 모른다.

적이 식신술사라면 본체를 공격하는 것이 정석.

오버 히트 직전 상태라지만 얼마 없는 원거리 무장인 울트라 캐논을 잃을 수는 없다. 왼팔을 사수하는 게 승리의 절대 조건.

그렇게 판단한 메카마루는 순간적으로 오른팔을 포기하고 회

피하려 했다.

그러나 한순간의 망설임.

"————."

다음 순간엔 이미 리모컨 카에 비해 규모가 몇 배는 더 큰 폭풍이 발생해 있었다.

폭풍의 여파에 휘말려 날려간 메카마루가 지면을 굴렀고 교복이 불타올랐다.

강렬한 폭풍 속에서 방패로 희생시킨 것은——'왼팔'.

자기도 의식하지 못한 사이, 메카마루는 '오른팔'을 감쌌다.

"……칫."

불에 그슬린 오른팔 소매. 그대로 드러난 오른손목을 보고 메카마루는 자신이 왜 비합리적인 행동을 취한 것인지, 그 이유를 깨달았다.

오른팔에 매달린 키홀더가 짤랑짤랑 소리를 내며 흔들리고 있었기 때문이다.

"실수했다는 자각은 있는 것 같네."

"……주저사의 목소리인가?"

그 목소리는 가까운 폐차의 카 스테레오에서 흘러나오고 있었다.

살짝 웅웅거리지만 상상했던 것보다 젊은 목소리. 상당히 여유를 부리는군, 하고 말해주고 싶었지만 이미 주지사 쪽에서 봐도 메카마루는 악수를 둔 것이 확연했으리라.
코키치는 거칠거칠한 입술을 깨물었다.
확실히 실수했다. 이 마당에 이르러 전장에선 있어선 안 될 집착. 멍청했다.
'일상'이란 이름의 저주가 메카마루의 움직임을 구속했다.
그렇다고 해도——그것이 잘못이란 말을 듣는 건 코키치의 부아를 무척이나 크게 치밀어 오르게 했다.
"주해가 들어올 줄은 몰라서 놀랐는데, 아하. 내 술식과 가까운 원격 조작이구나? 하지만 그쪽은 내 술식을 잘못 파악했어. 난 작은 벌레 같은 한 종류의 식신밖에 다루지 못하지만…… 시야에 들어오는 범위 안에 식신만 붙여두면, 자동차 형태의 물체는 대부분의 기능을 다 조작할 수 있지. 차에 탑재된 카메라도 내비게이션도 자유자재야."
"……자연스러운 술식 개시. 이걸 위해 내비게이션의 통화 기능을 살려 뒀군."
"우수해. 기본을 아는 녀석은 상황을 알아서 파악해줘서 고맙다니까."
코키치는 아파오는 피부가 딱딱하게 굳는 것을 느끼며 이를 갈았다.

궁지에 몰린 것은 사실이다. 저쪽이 승리를 자만해도 어쩔 수 없다.

문제는 주저사가 이 타이밍에 굳이 말을 걸면서까지 자신의 술식을 개시했다는 것. 그것도 '시야에 들어오는 범위'라는 주저사의 위치에 대한 단서까지 밝혔다.

이건 다시 말해, 이 주저사가 도주가 아닌——이곳에서 메카마루를 처리하겠다는 의사를 밝힌 것이다.

아마 메카마루를 완전한 행동 불능에 빠트린 뒤에 유유하게 도망을 꾀할 것이다. 뒤집어 말하면, 메카마루를 제외한 다른 침입자가 없다고 확신하고 있다.

코키치는 생각했다.

주저사는 이 폐차장 전체를 내려다볼 수 있는 위치에 있다.

그렇다면 주저사의 위치도 자연스럽게 도출된다. 메카마루는 고개를 들어 폐공장의 제일 위층을 넘어, 옥상을 주목했다.

역시 적은 그곳에 있었다.

가스마스크에 산소통을 짊어진 모습. 주저사보다는 매드 사이언티스트가 연상되는 풍채의 남자가 메카마루를 내려다보고 있었다.

"음, 눈이 마주쳐버렸네. 지금 네가 보고 있는 게 본체 맞아."

"그런 것치고는…… 상당히 여유가 넘치는군."

"여유가 넘치고말고. 날 발견했으면서도 넌 전혀 공격 대세에 들어가지 않았지. 원거리에 쓸 수 있는 카드가 이제 없지?"

"관찰력이 상당하군."

"관찰력은 운전사에게 가장 필요한 능력이지. 오른쪽을 보고, 왼쪽을 보고, 다시 한번 오른쪽을 보고. 후방 확인도 확실하게 해야 해. 교통 매너는 지켜라, 주술사."

"공교롭게도 내 본체는 움직이지 못한다. 원격으로 조종하는 몸으로는 외출할 기회가 적어서 말이야."

대화를 나누고 있지만 메카마루에겐 공격 수단이 없다.

왼팔은 울트라 캐논과 함께 파손. 적이 시야 안에 들어와 있는데도 원거리 공격이 불가능하다. 자신을 파괴하러 올 적에게 대항이 불가능하다.

——아니, 방법은 있다.

모가 나올지 도가 나올지 알 수 없는 모드 알바트로스(주포 강화 형태).

얼티밋 캐논용(三重大祓砲)의 두부포(頭部砲).

그러나 얼티밋 캐논은 두 팔의 서포트가 있어야 성립된다.

하물며 대미지까지 입은 보디다. 무리해 발사해도 고작 한 발. 그것으로 메카마루는 확실하게 오버히트된다.

그래도 주저사 처리에 성공할 가능성은 낮지 않다. 산소통을 짊어진 모습을 보아 본체의 기동력을 버린 전형적인 지휘관 타입의 식신술사로 여겨진다.

명중 기대치는 높다. 원거리 공격만 가능하다면 메카마루의 폐기와 맞바꿔 승부를 가리는 건 가능할 터다. 소모품에 여력을 남겨둘 필요는 없다.

그것이 지금 상황에서 가장 현명한 선택이라는 걸 코키치는 안다.

알면서도——메카마루는 오른팔을 휘둘러 장비한 칼을 전개했다.

소드 옵션.

이런 상황에 이르러 접근전 장비를 꺼내는 건 주저사에게 '최후의 발악입니다'라고 말하는 것이나 마찬가지다.

"그 위치에서 칼을 꺼낸다고 뭘 할 수 있지?"

"네게 한 방 먹여주지."

"아니, 불가능해. 내가 이 타이밍에 널 직접 시야에 넣은 이유를 모를 만큼 우둔하진 않잖아?"

"안다. 다만, 조금 발악하고 싶은 기분이거든."

메카마루는 순간적으로 눈으로 주변을 훑었다.

작은 모기 같은 식신이 폐차 더미 안으로 기어 들어갔다.

"확실한 죽음이야. 너도 고철덩이가 돼라."

주저사의 말 직후, 메카마루는 칼을 장비한 오른팔을 크게 휘둘렀다.

다음 순간, 폐차 더미 곳곳이 '폭파했다'.

식신으로 중앙에 설치해 놓은 엄청난 양의 폭약을 기폭시킨 것이리라. 사방팔방에서 날아드는 고철이 메카마루를 뒤덮듯이 덮쳐왔다.

전후좌우, 도망칠 곳은 없다.

하지만——그것은 완벽한 포위가 아니었다.

메카마루의 칼날은 처음부터 어느 한 점만을 노리고 있었다.

"……저건!"

주저사가 그 목표를 깨닫고 소리쳤다.

대형 타이어가 파열할 때의 위력은 수류탄의 폭파를 능가한다고 한다.

그것은 메카마루의 몸을 날려버리기에 충분한 힘이다.

메카마루를 조작하는 무타 코키치는 오른팔과 다리 결손이 있다.

본래는 존재하지 않는 오른팔을 감싼 것을 두고 바보 같다고 하면 틀린 말은 아니다. 그래도 있지도 않은 오른팔——칼을 장비한 기계 팔이기에 할 수 있는 것이 있다.

메카마루가 휘두른 칼은 처음부터 조금 전에 덮쳐왔던 탱크로리, 그것에서 떨어져나온 타이어를 노리고 있었다.

파열과 동시에 날아오른 메카마루의 몸은 폭풍에 떠밀려 더욱 높은 곳으로 비상했다.

"부스트 온 맥시멈(推力加算最大出力)!"

오른쪽 팔꿈치에서 부스터가 기동하여 메카마루의 고도를 더욱 높여줬다.

타이어의 파열에 의한 충격과 오른팔의 출력만으로 메카마루의 본체를 하늘로 쏘아 올리는, 뒷일을 고려하지 않은 고출력 추진. 부하가 한꺼번에 걸린 오른팔에 순식간에 이상이 발생했다.

"하지만 이걸로 됐어."

공장보다 높이 날아오른 메카마루는 얼티밋 캐논을 전개하지 않은 그 입으로 오른팔의 키홀더를 물어뜯었다.

그 탓에 오른팔이 더욱 망가졌다.

비상 직후에 찾아온, 찰나의 무중력 상태.

몸을 비틀어 거의 찢겨나간 오른팔을 높이 치켜들었다.

"칫……!"

노림수를 깨달은 주저사는 도주 자세에 들어갔지만 늦었다.

방심한 탓에 판다에게서 등을 돌렸던 교류회가 코키치의 뇌리를 스쳤다. 빈틈은 승패가 갈릴 것을 확신하고 날린 대형 기술에서 생겨난다.

일부러 이 전법을 고른 것은 합리적이지 않았을지도 모른다. 주령과 손을 잡은 자신이 지금 품기에는 너무나도 뻔뻔한 감상인지도 모른다.

그래도 가능하면——'돌아가고 싶다'고 바라며 싸우고 싶다.

이제 와서 싹이 튼 그 마음이 작은 키홀더를 바라본 순간에 부풀어 올랐고.

코키치는 그 불합리한 감정을 가능한 모든 주력에 실었다.

"방어할 식신을 남겨둬야 했다."

집착이 저주라면 저주를 힘으로 바꾸는 것이 주술사의 기술.

위로 치켜드는 기세 그대로 부스터를 기동한 오른팔에 혼신의 주력을 순환시켰다.

뇌리를 스친 것은 과거에 봤던 로봇 애니메이션의 한 장면.

그것은 말하자면 전가의 보도.

로봇을 동경하는 자라면 모를 수 없다.

하늘을 날아가는 철권.

"——로켓, 펀치(推力最大, 右腕部分離)!"

가스 안개를 가르며 먹색의 유성이 발사되었다.

고속으로 사출된 주먹의 질량은 그야말로 포탄.

포격과 투척에 익숙한 메카마루의 원거리 공격. 표적에 빗나갈 리도 없다.

신체 능력이 우수한 접근전형 술사라면 몰라도 가스 보호 장비를 짊어진 식신을 부리는 주저사가 순간적으로 피할 수 있을 리도 없다.

임시방편으로 식신을 날리려 해도 이미 늦었다.

그 주먹은 바람보다도 빠르니까.

"제기라아아아아아아아아아아아아아아아아아아아아아아아아아아, 알———!"

가스마스크 안쪽에서 웅웅대는 불분명한 외침이 폐차 몇 대의 카 스테레오에서 연이어 울려 퍼졌다.

주먹의 착탄과 함께, 그 외침은 폭음에 휩싸였다.

바쁘게 날아다니던 벌레 같은 식신들이 일제히 제어를 잃고 땅에 떨어졌다.

주저사의 의식이 끊어진 것을 똑똑히 확인하면서 메카마루는 두 팔이 없는 몸으로, 그래도 어떻게든 착지를 시도했다.

"……크, 윽."

소모품인 몸으로 뭘 그리 필사적인 거냐고 냉정한 자신이 말을 걸어오는 한편…… 그저 돌아가고 싶다고——다시 만나고 싶다는 마음이 강철의 꼭두각시를 지배했다.
장막이 걷히고 한 곳에 고여 있던 가스가 안개비에 씻겨 내려갔다.
경치가 느리게 변해가면서 올라간 장막 대신 종막이 조용히 떨어져 내렸다.
모든 것이 끝난 그 장소에 그는 확실히 서 있었다.

상쾌한 파란 하늘이 펼쳐져 있었다.
임무 다음 날 아침.
메카마루는 고전 안뜰 벤치에 앉아 아득히 먼, 저 높은 곳까지 이어진 그 푸르름을 올려다보았다. 천천히 흘러가는 하얀 구름의 형태는 무엇을 닮은 걸까? 멍하니 그런 생각을 했다.
학교 건물 쪽에서 가벼운 발걸음 소리가 다가왔다.
고개를 내려 시선을 보내자, 그곳에 미와의 모습이 있었다.
"메카마루~."
"…………미와인가."
"미와인가, 라뇨. 임무에 다녀온 뒤에 교실에도 오지 않았잖아요. 무슨 일 있나 싶었다니까요?"

"…………."

"뭐죠? 갑자기 입을 다물고."

"걱정해준 건가?"

"당연하죠."

미와는 무척 당연하다는 듯이 '무슨 소릴 하는 거예요'란 얼굴을 했다. 코키치 역시 아마 미와의 입장이었다면 동료를 걱정했을 거라고 생각한다.

다만 메카마루는 역시 가짜 몸이며, 전투는 어디까지나 머나먼 곳에서 벌어진 사건이기에.

그래도 그런 '당연함'이 존재하는 걸 묘하게 간지럽게 느끼며…… 메카마루는 한 박자 간격을 둔 다음, 다시 미와 쪽을 보았다.

"미와."

"뭐죠?"

"다녀왔다."

"…………네, 어서 오세요."

고작 그뿐인 대화가 마치 무한한 시간 속에 있는 것처럼 느껴졌다.

만족감과 희미한 쓸쓸함이 코키치의 마음을 가득 채웠다. 그런 복잡한 속내를 엿볼 수 있을 리도 없기에 미와는 평소처럼 웃었다.

"그런데 조금 더 빨리 말하러 와도 되는데요."

"조금 거북해서."

"뭐가요?"

"스크런치, 뜯어져버렸다."

"아~."

납득한 듯이 미와가 커다란 눈동자를 깜빡깜빡 깜빡였다.

"그런 걸 신경 쓰네요."

"……뜻밖인가?"

"제가 아직 메카마루에 대해 잘 모르는구나~ 싶어서요."

"그런 걸 신경 쓰는군."

"뜻밖인가요?"

"전혀."

저도 모르게, 란 느낌으로 웃음을 터트리는 미와.

메카마루는 웃지 않는다. 웃는 기능이 없기 때문이다.

잠시 메카마루의 시야를 떠나, 코키치는 어두컴컴한 방에 개켜져 있는 옷을 향해 시선을 돌렸다.

그을린 키홀더는 주머니 안에 넣어놨다. '이건 제대로 가지고 돌아왔다'고 하면 미와는 어떤 얼굴을 할까?

메카마루를 통해 그 얼굴을 보는 건 역시 아까운 것 같다.

코키치는 상상한다.

다녀왔다는 말의 따스함을 새삼스럽게 느낀다.

그렇다면, '처음 뵙겠습니다'라고 말할 때는 어떤 기분이 들까? 자신이 저질러온 짓을 알게 됐을 때, 그녀는, 그들은, 어떤 얼굴을 할까?

자신을 향한 감정이 당혹감이어도, 적의여도 좋다. 그저 자신의 눈으로 그들을 바라보고 싶다.

"미와."

"뭔가요? 메카마루."

가까운 시일 내에, 만나러 가마.

그 한마디를, 아직은 입 밖으로 꺼낼 수가 없어서.

"아무것도 아니다."

메카마루는 웃지 않는다.

메카마루는 눈물을 흘리지 않는다.

하지만 그것은 감정을 보이는 기능이 없는 것뿐이다.

그저 그것뿐인 사실조차, 메카마루에 대해 아직 그 누구도 알지 못한다.

미와
카스미
2019. 12.09

제3화 아사쿠사바시 엘레지

먹고 싶진 않지만, 나이는 먹는다.

하고 싶지 않은 이야기지만 현실이다.

세상의 풍조는 30대도 아직 현역이라고 인식하지만 현실에서는 25세를 넘긴 즈음부터 미성년자에게 아저씨라고 불리게 되며, 몸 상태도 변하기 시작한다.

구체적으로 말하면, 안 좋은 몸 상태가 꼬리를 끌듯이 남게 된다.

어깨 결림이라거나, 머리에 감도는 열기라거나, 위장이 요동치는 느낌이라거나. 하나하나는 별거 아니지만 계속해서 쌓이며 다음 날까지 남는다.

그런 축적된 피로를 느끼는 건 보통 한창 바쁠 때가 아니라, 문득 긴장이 느슨해졌을 때다.

이지치 키요타카도 그랬다.

"……하아."

교류회를 위한 교토교와의 회의와 사무 처리.

주저사와 주령 일당의 난입에 대한 대처와 피해 확인.

사상자에 의한 결원 보충 논의와 유족 대응. 갑자기 필요해진 야구 물품 준비.

Etc, etc…….

그런 와중에 다음 업무로 사이타마에서 벌어진 주령 피해 대응 임무를 맡게 되어 1학년들을 인솔할 예정이었는데——갑자기 담당이 닛타라는 다른 보조 감독으로 변경되었다. 이미 작성해 둔 조사자료도 인계했다.

교류회 이후 보조 감독의 일정이 매우 촘촘하게 짜여 있던 만큼, 갑작스러운 담당 변경은 전혀 예상 못 한 일이었다. 그 결과, 이지치가 대신 맡게 될 업무는 없었다.

상당히 오랜만에 이지치는 일정이 텅 비어버린 것이다.

"아~……."

고전 내 사무실.

책상 앞에 앉아 이지치는 얼빠진 소리를 흘렸다.

생각해보면, 최근 들어 쉬지 않고 일만 했다.

그랬는데 갑자기 한가해지면 이것은 이거대로 리듬이 깨져버린다.

특별한 업무가 없으면 휴가를 신청하면 되겠지만 이지치는 토요일, 일요일과 공휴일이 이외에 휴가를 신청하는 걸 어려워하는 타입이었다.

하물며 주술사란 자들은 비교적 아날로그적인 사람이 많다.

컴퓨터 작업과 인터넷을 통한 각종 신고.

이러한 작업은 이지치가 자리를 비운 사이 트러블이 발생하면 전화로 작업 지시를 해야 한다. 그렇게 생각하니 걱정돼 마음이 놓이지 않는다. '컴퓨터를 잘 못한다'고 하는 사람의 수준은 전원을 끄지도 못하는 레벨이라는 걸 이지치는 아주 잘 알고 있었다.

그저 멍하니 있을 순 없기에 이지치는 컴퓨터를 켰다.

그렇다고 해도 딱히 중요한 할 일이 있는 건 아니라서 메일을 확인하기도 하고, 바탕 화면의 아이콘을 정리해보기도 했다.

그러다 평소엔 잘 사용하지 않는 서류의 양식을 수정해보기도 하고, 사무작업용 시스템을 체크해보고, 좀처럼 하지 못했던 서랍 정리를 해보기도 하고.

이런저런 것들을 하다 한숨 돌리며 티백 차를 마시고 있는데, 문득.

"……어라? 나 혹시 스스로 피로를 쌓고 있는 거 아닌가?"

하고 깨달았다.

이것은 이지치에게도 소소하게 충격이었다.

바쁘니까 일하는 것인 줄 알았는데, 일 말고는 할 일이 없다는 현실을 깨닫고 말았다. 이건 지독하게 외로운 일인 것처럼 느껴졌다.

자신의 일에는 책임감을 가지고 임하고 있다.

하지만 인생 전부가 '그것뿐'이 되어버리는 건 조금……. 아니, 상당히 걱정된다.

그렇지만 주술사들은 전선에서 목숨을 걸고 있으니 어디까지나 후방 지원인 자신이 이런 생각을 하는 건 바람직하지 않은 건 아닐까——.

이런 생각이 떠오른 시점에서 위의 위쪽이 조여들듯이 욱신 아파왔다.

"하아."

딱히 폭음이나 폭식을 하는 건 아니다.

식욕이 없는 건 아니지만 왠지 모르게 사무실 업무에 의욕이 솟지 않는다. 이것이 최근의 컨디션이다.

지친 걸까?

아니, 지쳤다.

확실하게 지쳤지만 그것을 의문형으로 생각해버릴 만큼 이지치는 업무에 완전히 절어 있었다.

아무것도 없는 시간을 아무것도 없는 채로 보내지 못한다.

왠지 모르게 떨떠름하고 꾸물꾸물한 마음을 질질 끌고 가면서 별것 아닌 일을 새로 만들어내 꾸물꾸물 처리하고 있다.

……이래선 안 돼.

이지치는 형용하기는 어렵지만 적어도 좋지는 않은 이 상황에서 어떻게든 빠져나가야 한다고 생각했다.

예를 들어, 기분 전환 같은 것이 필요하다고.

“아, 그렇지.”

손바닥을 주먹으로 톡 두드리며 책상에서 일어섰다.

위가 아프니까 의사를 찾아가면 된다.

그렇게 결심한 이지치는 즉시 책상 위를 가볍게 정리하고 중요한 서류가 보관된 책장을 잠근 뒤, 가벼운 걸음으로 의무실을 향해 걸어갔다.

“스트레스성 위염이네. 순한 위약을 내줄게.”

도쿄교 내 의무실.

이에이리 쇼코는 간단한 문진을 마치고 이지치에게 봉투에 담긴 가루약을 내밀었다.

반전술식이 필요한 증상이라면 몰라도——본래 의사가 하는 일은 증상의 진단이다. 약을 조제하는 건 약사가 하는 일이다.

그러나 이에이리가 있는 곳은 어디까지나 학교 의무실.

주술고전의 의료 설비는 일반 학교와는 차원이 다르지만 어디까지나 학교 설비에 불과하다. 절차에 따라 조치하는 건 병원에서 하는 것이다.

따라서 이지치처럼 딱히 병이라고 하기는 뭐한 정도의 이상에는 상비 중인 시판 약이 주어졌다. 일반 학교의 양호실과 동일하다.

그래도 이지치는 이에이리의 문진과 간단한 촉진으로 그럭저럭 치유 받았다.

“감사합니다. 덕분에 살았습니다.”

“실제로 내장이 약해져 있는 건 아니라서, 술자리 전에 마음의 위안 삼아 먹을 법한 가벼운 위장약을 준 거야. 약국에서도 파니까 뭐하면 상비해 두는 게 마음이 편할지도 몰라.”

“아뇨. 이런 건 전문적인 지식이 있는 분의 의견을 듣는 게 중요하지 않나 싶습니다.”

“그래? 기특한 마음가짐이네.”

바른 자세로 동그란 의자에 앉은 이지치의 얼굴은 밝았다.

생각해 보면 이지치는 평소에도 쭉 신경을 곤두세우고 있다.

뭐든 대충대충인 술사들이 귀찮은 일을 떠넘길 때도 있거니와, 신경질적인 술사 때문에 긴장할 때도 있다.

아이들을 임무에 내보낼 때는 양심의 가책이 느껴지고, 상층부로부터는 고죠 일로 잔소리를 듣는 일도 있으며, 그 고죠는 마치 숨을 쉬듯이 무모한 일을 벌인다.
그 점에 있어 이에이리는 이지치의 힐링 요소 중 하나였다.
주술사답게 어딘가 엇나가 있는 곳이 없진 않지만 무모한 말을 하지 않고, 능력을 넘어선 행동을 요구하지 않으며, 자연스럽게 배려해줄 때도 있다.
게다가 평소에 살벌한 주술사들과 그로테스크한 저주만 보고 사는 이지치에게 있어 귀중한 눈의 보양이기도 했다.
혈색은 좀 안 좋지만 야릇한 매력이 있는 미인임은 확실하다.
오히려 나른한 분위기가 그늘진 섹시함을 자아내고 있다고 해도 좋다.
게다가 오늘 이에이리는 특히 친절했다.
평소라면 필요한 조치만 하고 이에이리 자신의 업무로 돌아갔을 것이다. 그러나 그날은 어떻게 된 일인지 이지치의 몸 상태를 상당히 꼼꼼히 진찰해주었고, 가벼운 잡담에도 어울려주었다.
"그래서 고전에 나와 컴퓨터를 켰더니 데이터가 초기화돼 있어서요."
"재난이었네."
"2급 주령이 노려봤을 때보다 간담이 서늘해졌죠……. 역시 백업은 중요하단 걸 실감했습니다. 유비무환이죠."

"수혈용 혈액같이 말이지."

"……대충 그런 느낌입니다, 네."

"그래도 지금은 제일 바쁜 시기는 지났잖아? 잘됐네."

"네, 뭐."

이지치의 대답은 조금 미적지근했다.

바쁘지 않은 정도가 아니라, 웬일로 한가해서 할 일이 없었기에 이에이리를 찾아왔다는 경위를 설명하는 건 아무래도 양심이 아팠다.

그런데 아무래도 세상은 본인이 생각하는 것보다 이지치에게 다정했나보다.

"맞다. 이지치, 그럼 오늘 밤에 한가해?"

"네?"

"오늘 밤."

"……………………네?"

"이비인후과 진료가 필요해?"

"아, 아뇨. 한가합니다한가합니다한가합니다한가합니다."

"네 번이나 말할 것까지야."

이지치는 순간, 고막을 통해 들어온 말을 처리할 뇌가 정지해버렸다.

무리도 아니다. 너무나도 예상 밖이다. 이성적인 부분이 '아니, 이상한 뜻으로 받아들이면 곤란해'라고 생각하는 한편, 묘하게 들뜨는 사고를 멈출 수 없다.

그런 이지치의 동요를 아는지 모르는지, 이에이리는 산뜻한 얼굴로 다리를 반대로 꼬았다.

"한가하면 다행이네. 가끔은 마시러 갈까 싶어 말해봤는데."

"마시러, 요?"

"물론 위에 부담이 가지 않는 범위 내에서긴 한데, 지금 네 몸이 안 좋은 건 기질적인 문제는 아닌 것 같아. 조금은 기분전환을 하는 게 몸에도 좋겠지."

"네, 네. 꼭, 가겠습니다."

"그래? 그럼 오늘 밤 여섯 시쯤에 아사쿠사바시에서 보자. 가게 위치는 나중에 연락할게."

"아…… 알겠습니다!"

저도 모르게 취업 면접을 보는 것처럼 등을 곧게 펴며 대답하는 이지치.

이에이리는 그 모습을 보고 희미하게 웃으며 진료 기록 카드를 정리하기 시작했다. 슬슬 업무로 돌아가겠다는 무언의 신호였다.

이지치는 방해가 되지 않도록 자리에서 일어나 깊게 고개를 숙이고 의무실을 뒤로했다.

"…………좋았어."

뭘 어떻게랄 것도 없지만 이지치는 일단 기합을 넣었다.

이렇게 된 이상, 오늘 야근을 할 순 없다.

물론 업무가 없으니 야근을 하고 싶어도 할 수 없지만 만에 하나의 사태가 벌어지지 않도록 이지치는 즉시 책상으로 돌아가 작업 정리를 시작했다.

"…………여기가 맞, 지?"

오후 5시 45분.

지하철 아사쿠사바시 역에서 걸어서 10분.

불이 들어오기 시작한 네온사인 빛에 물든 길을 빠져나와, 귀갓길에 오른 회사원들에 섞여 걷다 이지치는 지정된 가게를 발견했다.

식당 '*코토리바코(小鳥箱)'.

저주와 연관이 있는 사람들에겐 묘하게 식욕을 잃게 하는 울림이다.

"그건 그렇고……."

이지치가 올려다본 그 가게는 도저히 분위기 있는 곳이라곤

*일본의 유명한 인터넷 괴담 '코토리바코(子取り箱)'와 발음이 같음.

하기 어려웠다.

가게 앞에는 빨간색 제등이 매달려 있는 데다가, 맥주 회사에서 만든 것으로 보이는 맥주 간판이 세워져 있고, 현관문은 얇은 미닫이문이다.

이곳에 도착하기 전까지 조금씩 부풀어 올랐던 은근한 설렘이 조용히 조용히 쪼그라드는 것을 이지치는 느꼈다.

"아냐. 그래도 이에이리 씨랑 둘이서 저녁을 먹는 건 맞으니까……."

뇌리에 두둥실 이미지가 떠오른다.

그러고 보니 흰 가운 차림이 아닌 이에이리를 볼 기회는 많지 않다. 무엇보다도, 약이나 시체를 주물럭거리고 있지 않은 오프 모드의 이에이리 자체가 이지치에겐 몹시 레어했다.

연기만 피어오르는 엔진에 강제로 시동을 걸듯, 이지치는 천천히 심호흡했다.

두 번, 세 번, 폐에 찬 공기를 바꿔주듯이 반복해서 심호흡을 했다.

그리고 드디어 결심을 굳히고, 가게의 미닫이문을 드르륵 열었다.

"여~어. 늦었잖냐, 이지치."

닫았다.
탁 소리가 났다.
그리고 옷 소매로 안경을 닦았다.
이상하다. 흰 가운을 벗은 이에이리가 아닌, 은발에 선글라스를 낀 남자가 말을 걸어왔다.
안구에 저주가 걸렸거나 이지치의 뇌가 세뇌계의 술식에 침범당한 것이 아니라면, 맥주잔으로 멜론소다를 마시는 고죠가 있는 듯 보였다.
아니, 그럴 리 없다.
오늘 이 술자리는 이에이리의 제안을 받아들인 것으로, 절대 고죠와 마시러 온 것이 아니다. 애초에 고죠는 술을 못 하니까 척 봐도 술집인 가게에 있을 리 만무하다.
아마도 피로와 극한의 긴장감이 만들어낸 환각이리라. 맞아. 분명 그거야.
다시 한번 심호흡을 하고 이지치는 조심스럽게 미닫이문을 열었다.
“뭐 해?”
아무리 봐도 고죠였다.
이지치는 떨떠름한 얼굴로 눈을 가늘게 떴다.

“고죠 씨야말로 뭘 하고 계신 겁니까?”

“술집에서 논알코올 핸디캡 플레이. 만취할 때까지 집에 못 간답니당.”

“평생 집에 못 가잖습니까…….”

“핸디캡 플레이에서 핸디캡이 느슨하면 핸디캡의 의미가 없잖아. 이지치, 고작 레벨업 제한 플레이 따위로 만족하는 타입이야?”

“딱히 그런 시점으로 게임을 하진 않는데요…….”

“빨리 들어와, 이지치. 나도 고죠도 먼저 마시고 있었어.”

“아, 이에이리 씨.”

고죠가 앉아 있는 4인 탁자 맞은편 대각선 자리에 대용량 맥주잔을 비운 이에이리가 앉아 있었다.

그것으로 대강의 사정을 파악했다.

오늘 술자리 멤버는 이 세 명이다. 이지치는 자신의 내부에 존재하는, 무언가 달콤한 꿈을 그리는 부분이 소리도 없이 무너져내리는 듯한 기분이 들었다.

아니. 뭐, 현실이다.

그야 이에이리가 애프터 파이브에 단둘이 마시러 가자고 제안하는 것보다는 이 상황이 훨씬 현실적인 광경이다.

이지치는 꾸벅 고개를 숙이고 당연하다는 듯이 손짓하는 고죠의 옆자리에 앉았다.

“일단 지각한 벌로 가득.”

이에이리가 점원을 부르자, 이지치의 앞에 당연하다는 듯이 중간 사이즈의 생맥주잔이 나왔다.

잘 먹겠습니다, 하고 잔을 쥐며 이에이리가 내친김에 하이볼을 주문하는 걸 바라봤다. 이 사람, 내가 오기 전에 대체 몇 잔이나 마셨을까 하고 생각하는 건 그만두기로 했다.

힐끔 고죠를 보니 그쪽엔 멜론소다와 감자튀김, 닭튀김이 쫙 깔려 있었다. 부모님 손을 잡고 술집에 온 어린이가 그나마 먹을 수 있는 메뉴를 모은 것 같은 라인업이다.

“자, 건배~.”

고죠의 건배사에 맞춰 멜론소다와 생맥주, 하이볼이 건배를 주고받았다. 완전히 혼돈이다.

이에이리는 유난히 세월감이 느껴지는 전통지 메뉴판을 펼쳐 음식을 추가로 주문했다.

“떡조개 조림이랑 참치회…… 곱창전골도 주문할까? 이지치, 안주로 먹고 싶은 거 있어?”

“아, 그럼 감자샐러드…….”

“동글동글파? 아니면 완전히 으깨버리는 파?”

“완전히 으깨버리는 쪽으로…….”

척척 주문을 마친 뒤, 이에이리는 우아한 동작으로 유리잔을 입에 가져갔다.

이미 테이블에 놓여 있던 깍지콩과 기본 안주로 보이는 볶음 요리를 안주 삼아 하이볼이 꿀꺽꿀꺽 사라져 갔다. 학생이 한여름에 사이다를 마시는 것과 비슷할 만큼 페이스가 빠르다.

이에 관해 놀라운 건 이에이리의 얼굴빛이다. 평소와 똑같이 혈색이 안 좋은 데다가, 이미 한 잔 마신 뒤일 텐데도 취한 기색이 전혀 없다.

기품 있는 동작과 술이 강하다는 사실이 어우러지며, 이지치의 눈에 이에이리가 상당히 멋진 성인으로 비쳤다.

한편, 고죠는 논알코올이기에 당연히 취했을 리 없었다.

"이지치, 감자샐러드에 제일 처음 오이를 넣은 게 스티븐 스필버그란 거 알고 있었어?"

"엇, 그런가요? 처음 듣는데요."

"응. 거짓말이니까."

"에엑……?"

하지만 취했을 리 없는데도 웬만한 주정뱅이보다 더 두서없이 이야기를 꺼내 왔다.

이것 자체는 이지치를 귀찮게 굴 때의 평소 모습과 같다.

그런데 술자리에는 '분위기에 취한다'는 것이 있기 때문에 알코올을 마시지 않았는데도 어째서인지 잔뜩 흥이 오르는 사람이 있다.

이에이리와 이지치에 둘러쌓인 건 둘째 치고, 술집 내에는 퇴근길의 회사원과 음주가 취미나 마찬가지인 아저씨들이 떠들썩하게 흥이 올라 있었다. 그런 분위기가 고죠를 취하게 할 구석이 있긴 했지만 이에이리와 비교하면 상당히 난감한 성인의 모습으로 보인다.

"그럼 이지치, 술자리니까 이번 주 점프 이야기나 하자."

"아, 안 읽는데요."

"진짜? 이 세상에 점프를 안 읽는 인류가 있다고? 그럼 학생 시절엔 뭘 읽으면서 자랐어? 무슨 *코킨와카슈를 읽으면서 자란 거냐고."

"신코킨와카슈 말고 다른 선택지는 없는 겁니까?!"

"와~, 깬다~. 그럼 야구나 정치 이야기라도 할까?"

"에엑~……? 술집에서 꺼냈다간 난투극이 벌어지는 화제 투톱을 들고 오는 건 삼가주실 수 없을까요?"

"난 말이야. 이시다 미츠나리를 상당히 좋아하는데 히데요시가 죽은 뒤에 보인 움직임은 훌륭했다고 하긴 힘들단 말이지."

"전국시대의 정치 이야기일 거라곤 생각 못 했습니다……."

"이지치, 무엇과도 바꿀 수 없는 우리의 현재는 선조들의 위

*코킨와카슈(古今和歌集): 1,100여 수의 와카를 수록한 일본 최초의 칙찬 와카집. 약 300년 뒤에 신코킨와카슈(新古今和歌集)가 편찬되었다.

대한 정무 위에 성립되고 있는 거다."
"그건 그렇긴 한데요."
주술계의 해묵은 체계를 파괴하려 하는 사람이 말하니 춘권 피보다 얄팍하네, 하고 이지치는 내심 생각했다. 하지만 입 밖으로 꺼낼 용기는 나지 않았다.
"이, 이시다 미츠나리, 좋아하세요?"
"그 녀석은 차를 미지근하게 타서 내오잖아."
"전국 시대의 무장을 웨이터 취급하는 사람은 처음 봤습니다……."
"그럼 시대를 가리지 않고 싸우면 누가 최강인 무장일지 얘기해보자. 내가 가장 미는 건 말이야, 고죠 사토루."
"저도 고죠 씨가 이길 것 같은데요……."
"아, 하지만 *스가와라노 미치자네만은 조금 성가시지."
"들고나온 이름이 너무 거물이잖아……."
평소와 다를 바 없는 분위기지만 평소보다 말수가 많다.
이거 곤란하다 싶어, 이지치는 이에이리 쪽으로 시선을 돌렸으나——.
"참치회가 나왔으니까 슬슬 일본주를 마실 차례네……. 거기 오빠, 오늘 추천하는 거 있어?"
"핫카이산이 있습니다만."

*스가와라노 미치자네: 일본 헤이안 시대의 문인. 일본의 삼대 원령 중 하나로 꼽히며 동시에 천신으로 모셔지고 있음.

"그럼 그거."
진탕 마실 모드에 들어가 있었다.
이 가게를 고른 게 이에이리긴 하지만 행동거지가 상당히 익숙해 보인다. 점원에게 말을 거는 품새가 완전히 단골의 그것이라, 솔직히 든든해 보일 정도다.
"왜 그래, 이지치. 마시고 있는 거 맞아?"
"아, 네. 마시고 있습니다."
"그래? 전골이 나오면 사양하지 말고 먹어봐. 여기 주인이 실력이 좋거든."
"헷, 칭찬해도 아무것도 안 나온다고. ……이봐, 우리 쇼코 아가씨에게 그거 내줘라."
"네, 사장님!"
바로 조금 전에 아무것도 안 나온다고 했으면서 칭찬으로 기분이 좋아진 가게 주인은 점원에게 무언가를 지시했다. 아무래도 칭찬하면 무언가가 나오나보다.
그보다 가게 주인이 이에이리를 당연하다는 듯이 '우리 쇼코 아가씨'라고 부른 것에 이지치는 놀랐다. '우리 쇼코 아가씨'. 불러보고 싶은 울림이라고 살짝 생각했다.
"저 점원, 신입인데 일을 척척 잘하는 게 괜찮지? 처제가 넷이어서 대학에 보내려고 아르바이트를 여러 개 뛰고 있대. 꼭

만화 같지 않아?"

"그런 정보는 대체 어떻게 알아내는 겁니까……?"

"손님이지만, 이곳에 다닌 거로는 내가 더 선배니까."

"아, 그런 쪽의……."

그렇군. 이건 웬만한 수준의 단골이 아니다.

적어도 점원의 신상을 알게 될 정도로는 드나들고 있다는 말이다. 가게 주인이 이름으로 부를 만하다. 이지치는 납득했다.

얼마 지나지 않아 유리잔을 나무 되에 넣고, 그걸 다시 접시 위에 올려, 유리잔에도 되에도 넘칠 듯이 가득 담긴 일본주와 작은 사발에 담긴 젓갈이 탁자에 놓였다.

"이에이리 씨의 술, 뭔가 엄청나지 않나요……?"

"보통은 유리잔에서 넘친 술을 되에 받는 건데, 그 되까지 넘칠 만큼 따른 이 가게의 비밀 명물, 이중 용소야."

"이건 거의 두 잔 분량이 아닌지……?"

"이득이지?"

이득이라고 할까, 그것을 태연하게 전부 비울 생각인 이에이리에게 놀라는 이지치였다. 입 밖으로는 꺼내지 못했지만.

"그리고 이 젓갈 같은 건 대체……."

"슈토(酒盜)."

"슈토."

“가다랑어 내장 젓갈이야. …………뭐, 마스터를 칭찬하면 매번 나오는 이걸 기대하며 여길 오는 거긴 한데, 조금 정도라면 집어먹어봐도 돼.”

“가, 감사합니다…….”

“그런데 맥주로는 역부족이야.”

“네? 그럼, 저기――.”

“좋은 안주에는 그에 맞는 파트너가 필요한 법. 일본주를 주문해. 남은 맥주는 일본주가 너무 세다 싶을 때 중간중간에 마셔주면 되니까. 그리고 모둠 치즈도 부탁할게.”

“아, 네. 그럼 누루칸으로…….”

이에이리가 넘칠 것 같은 유리잔으로 술을 쭉 들이켜는 사이, 이지치의 자리에도 일본주가 나왔다. 딱히 서비스가 같이 나오진 않았다. 당연하다.

이어서 주문한 모둠 치즈가 나오자 이에이리는 살짝 의기양양하게 접시에 담긴 요리의 조합법을 이지치에게 강의했다.

“치즈에 슈토를 올리고, 이어서 일본주. 먹어봐.”

약간 어깨를 움츠리며 이지치는 권유받은 슈토를 조심스럽게 집어먹었다.

“…………아, 맛있네요. 안초비를 안주로 마시는 것 같아.”

“그렇지? 그거 봐, 고죠. 이지치는 뭘 아는 녀석이라니까.”

"엥~. 치즈에 짠 음식을 얹는 그 감각, 난 이해 못 해. 굳이 말하자면 치즈는 과자 나라의 주민 아냐? 원래 맺어져야 하는 약혼자 스콘에게서 납치당해 강제로 술고래 나라에 끌려온 느낌 아니냐고. 그렇지, 이지치?"

"엇. 아, 아니, 네?"

"하여간 술을 못 마시는 사람은 손해야. 이렇게 맛있는데. 그렇지, 이지치?"

"쇼코가 언제부터 이렇게 돼버렸을까, 이지치."

참치회를 집어먹으며 술을 비우는 이에이리와 리필한 멜론소다에 디저트용 바닐라 아이스크림을 투입하는 고죠.

술에 익숙한 애주가와 극점에 도달한 당분 애호가의 사이에 끼어 술을 홀짝이는 이지치.

이 상황 때문에 위장이 울렁거리는 것 같은 기분이 들었지만 술은 맛있고, 음식도 맛있었다. 이러니저러니 해도 나쁜 기분은 아니었다.

"여기, 음식도 술도 정말 맛있네요."

"내가 추천하는 곳이니까. 단골이 아이들을 데리고 오는 일이 많아서 그런지, 일반 음료랑 디저트도 있으니까 고죠도 오기 쉽고."

"나, 애들 취급받고 있지 않아?"

"커다란 애나 다를 바 없잖아?"
가벼운 농담을 주고받는 두 사람을 보며 이지치는 새롭게 나온 곱창전골을 향해 젓가락을 가져갔다.
이에이리가 보장한 만큼은 있어서 정말로 맛있었다.
고기가 부드럽게 푹 삶아져 있고, 된장을 베이스로 한 푸근한 맛에 생강의 풍미가 깔려 있었다. 딱히 이에이리가 아니어도 술이 술술 들어간다.
참치회는 잘게 썰린 시소 잎이 악센트 역할을 하는 상당히 고급스러운 안주였다. 달콤짭짤하게 조려진 떡조개도 젓가락이 절로 갔다. 가게 주인의 확실한 실력이 느껴졌다.
이지치는 오랜만에 기분이 좋아졌다.
느릿느릿 취한다. 시간이 느릿느릿 흘러간다.
단, 왠인지 술이 들어감에 따라 몸이 상당히 무거워져갔다.
"이지치, 너 마시는 거 오랜만이지?"
"네?"
갑작스러운 이에이리의 지적에 이지치는 최근의 자신을 돌아보았다.
"그러고 보니…… 그러네요. 오랜만이어서인지 이 정도 양으로도 금방 얼근해졌어요."
이지치의 그렇게 말하자 고죠가 술잔을 탁하고 내려놓으면서 끼어들었다.

“그거 그냥 피곤한 거 아냐?”

“하지만 저, 오늘은 딱히 일다운 일은 하지 않았는데요.”

“이전까지의 피로가 쌓인 거지.”

이번엔 이에이리가 끼어들었다.

“술이 백약 중에 으뜸이란 게 아주 미신은 아니거든. 기분이 좋아질 정도의 술이 들어가면서 긴장이 풀려 피로가 단번에 몰려온 거지. ……이지치, 마지막으로 휴가를 신청한 게 언제인지 말할 수 있어?”

“그러니까…….”

적어도 교류회 뒤로는 쉰 적이 없다.

그야 당연하다. 사망자가 대량으로 나왔을 정도의 이상 사태. 휴일을 챙길 여유 따윈 없었다. 오히려 오늘 한가했던 것이 믿지 않을 정도의 상황이었을 터다.

――그럼 교류회 전은?

“…………어라?”

“진찰했을 때 말했지? 스트레스성이라고. 스트레스라고 했지만 기분 문제가 아니라 계속 무리해 건강을 관리하지 않는 일상의 축적을 그렇게 부르는 거야.”

“7월쯤부터 네가 제대로 쉬는 걸 본 기억이 없단 말이지. 9월

중엔 하루도 쉬지 않았지?"

고죠의 말을 듣고 생각해봤다. 확실히 그렇다.

"그러네요. 아니, 하지만 일손 부족이니까요."

"바보 같은 소리 하지 마. 체력의 한계를 잘못 판단해서 쓰러지기라도 하면 그때부터 일손 부족이 되는 거다. 너밖에 못 하는 있는 일이 얼마나 많은지를 생각해봐."

"……어?"

"이지치, 오늘 술자리에 널 불러내자고 제안한 건 고죠야."

"네에?!"

술기운도 날아가는 놀라움에 이지치는 저도 모르게 고죠를 보았다.

"쓰러지기 전에 피로를 자각하게 하려고 한 것뿐이었지만. 감동해서 울어도 돼, 이지치."

"감동이라고 할까, 놀라운데요……."

이지치는 동요를 가라앉히기 위해서 미지근해진 술을 입가로 가져갔다.

그리고 테이블 끝에서 끝으로 시선을 굴리다, 약간 남은 술이 만들어낸 작은 수면 위에서 시선을 멈췄다. 이지치의 얼굴이 흐릿하게 비치고 있었다.

"제가 그렇게나 지쳐 보이나요……?"

“증중이구만, 하고 느낀 건 네가 사이타마의 주령 조사를 담당하려고 했을 때다. 그건 원래 닛타가 갈 예정이었어.”
“그거야, 저기, 전 이타도리 군과 다른 아이들과도 잘 아는 사이니까요.”
“하지만 교류회 뒤에 사후 처리를 담당하고 있는 네가 일부러 스케줄에 끼워넣으면서까지 갈 이유는 없었잖아?”
“……네.”
듣고 보면 맞는 말이라며 이지치는 어깨를 으쓱였다.
“난 보고서랑 나나미에게 전달해 들은 내용밖에 모르지만 너 말이야. 사토자쿠라 고등학교에서 있었던 사건, 신경 쓰고 있지?”
“그 말씀은…….”
“유지를 막지 못한 거.”
──고동이 흐트러졌다.
이지치는 술기운으로 달아오른 열기가 머리에서부터 등줄기를 따라 식어가는 것이 느껴졌다.
“그건, 저기…….”
부들부들 떨리는 손으로 이지치는 입가를 가리듯이 안경을 눌렀다. 소년원에서의 사건 당시, 고죠에게 추궁당했을 때도 나온 동요했을 때의 버릇이다.

그러나 고죠는 그때와 같이 이지치를 책망하는 태도는 아니었다.

"듣고 있으면 안단 말이지. 누더기 주령과의 싸움과 그 보고. 나나미는 말 안 했지만 그 녀석은 성실하잖아. 악질적인 취미를 가진 불리한 적을 상대하는데, 자기가 나서서 유지를 동행시켰을 리 없지. 결과적으로 나나미는 살았지만 안을 들여다보면 독단이야."

"……전, 저기. 결국, 소년원 때와 같은 잘못을 또……."

"그래서 가까이에서 지켜보겠다고? 너무 헌신적이라 눈물이 다 나오네. 하지만 유지는 이미 네가 생각하는 만큼 아이도 아니고, 제 몫을 다 못 하는 것도 아냐. 배려와 과보호는 다르다고. 누구를 위한 것도 되지 않아."

고죠는 오른손의 가운뎃손가락을 엄지손가락으로 누르며 이지치 쪽으로 뻗었다.

"네가 끙끙대지 않아도 유지는 이제 괜찮다."

딱 하고——따끔한 편인 딱밤이 이지치의 안경을 흔들었다.

빨개진 이마를 누르자 뒤늦게 욱신거림이 찾아왔다. 그 자극으로 알코올로 느슨해져 있던 눈물샘이 한계를 맞이했다.

"………………고죠 씨이이이이."

"으악, 기분 나빠. 딱밤 한 방 맞았다고 다 큰 성인이 울지 마."

"이지치의 술버릇이 우는 건지도 모르지."

술 추가 주문과 송이버섯 주전자 찜을 주문하며 이에이리가 중얼거렸다.

"남자의 눈물 따위는 보고 싶지 않거든?"

"이지치, 오늘은 이 집에서 다 마시면 집에 가도 돼. 적당하게 취한 상태에서 수면을 취하고 내일은 쉬는 거야. 할 업무도 없지?"

"네…… 네……."

눈물로 맛이 변한 술을 비우며 이지치는 눈가를 훔쳤다.

그 뒤, 각자 주전자 찜을 맛본 다음, 마무리로 송이버섯 국물로 오챠즈케를 먹고 연회는 이른 시간에 파하게 되었다.

이지치는 오랜만에 좋은 기분이 되어 네온 불빛이 켜진 밤길을 걸으며 귀갓길에 올라, 집에 돌아오자마자 깊게 잠들었다.

고죠는 투덜거리면서 이에이리의 2차에 끌려갔지만 몇 차까지 어울렸는지에 대해선 확실하지 않다.

휴일이 끝난 다음 날의 출근은 상쾌했다.

어깨 결림도 두통도 없고, 식욕도 왕성하다. 시야도 평소보다

넓게 보였다.

이지치는 상당히 오랜만에 자신의 베스트 컨디션이 어떤 것인지를 떠올렸다.

“좋은 아침입니다.”

동료에게 인사하는 목소리부터가 다르다.

공기는 맑고, 아침 해는 평소보다도 눈부시다.

오랜만에 본격적인 휴식을 취해서이기도 하지만 마음의 ‘응어리’가 풀린 덕분이 컸고, 무엇보다도 고죠가 자신을 걱정해준 것이 예상외로 효과적이었다.

평소에 아무리 뭐든 건성건성에, 제멋대로에, 스파르타식이어도 고죠 역시 교사다.

사람들 위에 서 있는 주술사로서 의지가 되는 인간이며, 자신의 노력을 인정해준다. 그 실감이 이지치에게는 큰 동기 부여가 되었다.

자신이 할 수 있는 일. 자신이 해야 할 일. 그것은 후회도 걱정도 아니다.

앞으로도 난 내 일을 열심히 하자.

그렇게 결심한 이지치는 기분이 좋아져서 자신의 책상까지 걸어가——.

“………… 으음?”

책상이 없었다.

아니. 엄밀히 말하면, 그것이 자신의 책상이란 걸 바로 알아차리지 못했다.

컴퓨터도, 기타 공간도, 책상 본체의 실루엣까지 산처럼 쌓인 서류 더미에 파묻혀 있었기 때문이다.

이지치는 떨리는 손으로 서류의 가장 위에 놓인 메모지를 펼쳤다.

고죠의 글씨였다.

——자세한 내용은 USB 안에.

이지치는 멈칫멈칫 서류를 헤치고, 컴퓨터를 켠 다음, 비밀번호에 의해보호받고 있는 메시지 파일을 열었다.

고죠의 지시서가 나왔다.

• ① 주술고전 도쿄교에 출입 가능한 기관 및 인물 리스트업에 대해.

• ② 교류회 습격 주저사 일파에 대한 현시점의 정보 정리에 대해.

• ③ 교류회 습격에 사용된 장막의 매개 주구 술식 상세 조사에 대해.

• ④ 주술, 물리 쌍방 개입에 강한 극비사항용 연락 수단 정비에 대해.

• ⑤ 고전 건물 복구 공사업체 수배와 고전 측 작업 감독자 임명에 대해.

• ⑥ 고전 건물 복구공사 비용 변통을 위한 예산 운용 정비에 대해.

• ⑦ 대규모 술식에 의한 삼림 파괴에 대한 환경 보호 단체 시찰 신청에 대해.

• ⑧

…………⑨…………⑩…………⑪………….

"………………."

컴퓨터를 보고.

서류를 보고.

다시 한번 컴퓨터를 보고.

이지치는 동력이 끊긴 꼭두각시 인형 같은 동작으로 옆에 있는 동료에게 고개를 돌렸다.

"저기, 고죠 씨는 어디에……."

"볼일이 있다고 외출 중입니다. 고전을 며칠 비운다던데요."

"아, 그런가요………………."

이지치는 창문 너머로 맑은 하늘을 올려다보았다.

——응, 그래. 그런 사람이었지. 사람을 쉬게 해서 일의 효율이 회복되면, 당연히 최선을 다해 일을 몰아줄 것이다.

하늘을 흘러가는 새하얀 구름 너머에 고죠의 환영이 떠올라 있는 것 같은 기분이 든다.

물론, 그만큼 신뢰받고 있는 반작용이긴 하지만.

이지치는 어딘가 메마른 웃음을 흘리며, 일단 아무렇게나 쌓여 있는 서류를 정리하는 작업에 매달렸다.

완전히 사라진 어깨 결림이 눈 깜짝할 사이에 돌아오는 것이 느껴졌다.

젠인
마키
2019.11.30

제4화 유왕무진(幽往舞進)

역사에는 빛깔이 있다.

생활과 문화, 기후 풍토.

그 나라, 그 도시가 오랜 시간을 들여서 만들어 온 빛깔이다.

신진대사가 두드러져 보이는 도쿄에 비해 고도(古都) *쿄의 색채는 깊다.

도회지라 불리는 빌딩군 바로 옆에 예부터 끊이지 않고 계속 쌓여 온 마을의 흔적이 뿌리를 내리고 있다. 언어에도, 사적에도, 자연에도. 그것을 사람은 전통이라 부른다.

오래된 땅이면 땅일수록 수많은 빛깔이 서로 섞여들며 색상이 풍부해진다.

바로 그렇기에 쿄의 경치는 아름답다.

그러나 아름답기만 한 것이 아니라는 걸 젠인 마이는 잘 알고 있다.

오랜 역사의 활동은 좋은 것도 안 좋은 것도 뒤섞여 땅을 복잡하게 물들인다. 아름다운 빛깔이 있는가 하면, 더러운 빛깔도 같이 섞여든다.

전통과 망집. 가문과 확집. 혹은 주술사와 저주.

*쿄: 교토의 옛 이름.

그 좋지 않은 측면이 보이는 자에게 있어 이 도시는 아름다움만으로는 설명할 수 없다.

교토의 색채가, 전통이 만들어내는 색상이, 마이는 아무래도 거슬려서——그렇기에 도쿄에서 돌아온 뒤, 한동안은 불만에 찬 얼굴을 하고 있었다.

"정신없는 교류회였지. 조금 더 도쿄에서 머물 수는 없었던 걸까?"

교토역, 하치죠구치 쪽에 있는 상업 빌딩 내부.

여름이었다면 아이스크림을 파는 크레이프 가게에 갔을 테지만 가을바람에 싸늘함을 느낀 소녀들은 카페의 한구석에 자리를 차지하고 앉아 있었다.

"어쩔 수 없잖아요. 주저사와 주령이 난입해서 피해까지 나온 걸요."

하트를 테로 두른 라떼 아트를 스마트폰 카메라로 찍은 뒤, 미와가 그렇게 말했다.

이 아이, 매번 이렇게 사진을 찍는데 어디에 올리는 걸까? 멍하니 그런 생각을 하면서 집게손가락으로 컵의 테두리를 만지던 마이는 입을 뾰족하게 내밀었다.

"하지만 너무 일찍 돌아왔어. 쇼핑 정도는 하고 싶었는데."

"그렇지~? 나도 마르셰를 구경해보고 싶었는데."

카페라떼에 벌꿀을 둥글게 뿌리며 니시미야가 대화에 참가했다. 호박색 벌꿀이 폼밀크를 장식하여 한층 달콤해 보이는 모습이 되었다.

마이와 미와는 서로 친한 사이고 니시미야 역시 학년이 다르지만 그걸 신경 쓰진 않는다.

같은 학년끼리 놀러 나갈 기회가 많은 도쿄교와 달리, 교토교에서는 이 2, 3학년 복합 여자 트리오가 같이 노는 모습을 자주 볼 수 있었다.

일반적인 학교라면 학년의 벽은 상당히 높기 마련이다.

그러나 고전은 애초에 학생 수가 적고, 그중에서도 여자 주술사만 헤아리면 한층 더 희소하다.

도쿄보다 보수적인 풍조인 교토교에 있어 여자끼리 뭉쳐 교류하게 된 건 필연이라 할 수 있었다. 세 사람의 사이가 돈독한 것에는 그런 이유도 있었다.

"마르셰가 어디였죠?"

"하라주쿠. 타케시타도오리 쪽."

"모모는 하라주쿠를 좋아하지. 귀여운 게 어울려서 부러워."

"난 마이랑 카스미가 부러운데. 일단은 선배인 나보다 어른스러운 코디가 어울리잖아."

"배부른 소릴 하네. 키가 크면 선택지가 얼마 없다고."

"아, 그 얘긴 많이 들었어. 그럼 꾸미는 건 카스미가 제일 쉬운가? 평소에 정장을 입고 다녀도 위화감이 없다니, 비겁하지 않아?"

"치마를 입으면 거합이 불가능하니까 입은 것뿐이에요. 그리고 선택지가 넓어도 제겐 도쿄의 물가는 조금 버거워서요."

"서글퍼지는 이야길 하네, 카스미."

"도쿄엔 싸고 좋은 것도 있어."

마이는 블랜딩 커피를 한 모금 머금어 씁쓸한 맛을 천천히 목구멍으로 삼킨 뒤, 작게 한숨을 흘렸다.

컵의 검은 수면에 작은 파도가 일렁였다.

"교류회에서 나, 별거 아니었지."

낮고 조용한 혼잣말에 니시미야와 미와는 순간 놀란 표정을 보였다.

"그런 말, 하지 마, 마이. 여기에 괜찮은 성적을 남긴 사람은 없어."

"쿨쿨 잠만 잔 저보단 나아요. 검도 잃었고."

"말은 그렇게 해도."

볼을 괴며 마이는 진심으로 불쾌하다는 듯이 미간을 모았다.

"마키는 교류회의 전적은 물론이거니와, 특급을 상대로 시간을 벌고, 주구를 넘기는 것으로 전투에 공헌했어. 이번엔 아무래도 승급 추천이 있지 않겠냐는 소문이야. 우리 집안에도 말이 전해지겠지."

"…………."

가시방석에 앉은 듯한 시선을 보내는 미와에게 니시미야는 난감한 얼굴을 돌려줬다.

시선을 내리깐 채로 마이는 자조하듯이 웃었다.

"마키랑 달리 술식을 가지고 있으면서도, 정면에서 붙어 패배한 난 과연 무슨 소리를 듣게 될지."

"……마이."

유서 깊은 주술사 가문. 실적주의는 당연하다.

여전히 구태의연한 남성 사회가 뿌리 깊게 남아 있는 전통적인 명가에선 여자 주술사에 대한 차별이 심하다. 그리고 3대 가문쯤 되면 그 환경은 한층 가혹하다.

마이가 놓인 세계, 그 두 어깨에 걸린 압력은 과연 어느 정도인지.

니시미야도 미와도 마이와 교류가 있기에 많든 적든 그것을 이해하고 있다.

아니. 당사자인 마이가 그 무게를 가장 잘 이해하고 있다.

그렇기에 문득 숨을 돌리는 순간에 떨려오는 손가락을, 푸념을 흘리는 입을 막지 못했다.

그것이 대화의 분위기를 흐리게 만든다는 것도 당연히 마이는 알고 있었다.

입 밖으로 뱉어내 조금은 마음이 가벼워졌는지, 고개를 내젓고 표정을 바꿨다.

"그냥 한 말이야. 새삼스럽다고 하면 새삼스럽지. 만약 내가 마키를 쓰러트렸어도 대단한 평가는 받지 못했을걸? 걔는 그냥 잔챙이인걸."

"순 거짓말! 완전히 특급 사기였다고요!"

미와는 저도 모르게 반론했지만 마이가 지그시 노려보자 입을 다물었다. 워워하고 진정시키며 니시미야가 구조의 손길을 내밀었다.

"자, 자. 그래도 마이는 우리랑 달리 한 명 처리했잖아. 그 귀여움이라곤 찾아볼 수 없는 1학년."

"아. 헤드샷 한 방에 침몰한 갈색 머리 말이지?"

"맞아, 맞아. 자칭 토호쿠의 *마 군."

"같은 팀원에게도 태클을 당했죠."

"이름이 뭐더라? 쿠기사카…… 오바마?"

"기억 안 나. 잔챙이고 입도 험하고 다리도 짧았어."

"건방지고 귀엽지 않고 뽕망치고 말이지——."

"욕이라고 막 하는군요……."

*마 군: 일본의 야구선수 타나카 마사히로.

기겁하는 기색의 미와가 중얼거린 다음, 잠시 대화가 중단되었다.

그리고 하아, 하는 세 사람 몫의 한숨이 그 자리를 채웠다.

이러니저러니 해도 전원이 진 건 맞다. 교류회를 떠올리면 어깨도 축 늘어질 수밖에 없다.

그래도 둘째 날 야구 시합에서 잔뜩 날뛴 덕분에 울적한 공기는 상당히 사라졌지만 개개인의 분한 마음은 남아 있기 마련이었다.

하지만 그렇지 않으면 패배의 의미가 없다.

이타도리 습격이란 변칙적인 사태가 있었지만 학생 간의 교류전은 본래 생사가 갈리지 않는 승부다. 주령과의 싸움과는 달리, 결과를 두 번째로 생각해도 되는 싸움.

패자는 회한에 마음을 자극받아 성장한다.

분한 마음이야말로 그녀들의 재산이다.

——이와 같은 논리를 좋아하는 건 토도 같은 쪽으로, 지금 그녀들의 마음을 차지하고 있는 건 단순히 '열받는다'에 불과했지만.

그런 개운하지 않은 마음이 또 푸념이 되어 터져 나올 것 같은 타이밍.

가라앉은 분위기를 살필 생각도 안 하고 찾아온 자가 있었다.

"마이 씨~."

"어머."

이름을 불려 뒤를 돌아본 마이를 향해 한 소녀가 손을 흔들고 있었다.

연한 붉은색으로 물들인 머리카락에 베이지색의 블레이저 교복. 누가 봐도 평범한 학생이 하굣길에 카페에 들른 것으로 보이는 분위기로, 고전 학생들을 감싸고 있는 분위기와는 확연히 달랐다.

마이는 그 얼굴을 보고 눈썹의 각도를 살짝 부드럽게 풀었다.

"유우. 학교에 다녀오는 길이야?"

"네. 오늘은 부 활동이 없었거든요."

"그래? 하긴 가을이니까. 체육 계열 부는 대회가 끝나면 한가해지겠네."

유우라 불린 소녀와 친밀하게 대화하는 마이.

두 사람의 모습을 바라보며 니시미야는 고개를 기울여 미와에게 말을 걸었다.

"마이의 친구야?"

"아, 저 사람은──."

"소개가 늦었네요. 고전의 학생분들이죠?"

미와가 설명하기 전에 유우가 끼어들었다.

“전 히가시야미 구 주변을 중심으로 정보제공자로서 주술사 여러분께 협력 중인 마키무라 유우라고 합니다.”

“정보제공자라는 건……. 그럼 외부 협력자 ‘창’?”

“네! 그렇게 불리고 있어요.”

“헤에, 난 3학년 니시미야 모모야. 잘 부탁해. 마이랑 카스미와는 이미 아는 사이구나?”

“네. 저보다는 마이가 아는 사람이지만요.”

미와가 시선을 주자, 유우가 쉭쉭 하는 콧김 소리가 들려올 것 같은 기세로 가슴을 폈다.

“네! 마이 씨는 제 언니니까요!”

“푸웁!”

니시미야는 겨우 카페라떼에서 얼굴을 돌리고 뿜어버렸다.

“마이, 비뚤어진 타이라도 고쳐 묶어줬어?”

“무슨 소리야? 언니라고 하는 건 그만두라고 계속 말하는데, 이 아이가 듣질 않아.”

어깨를 으쓱이는 마이 대신 사정을 알고 있는 미와가 설명에 들어갔다.

“선천적으로 저주가 보였다고 하는데, 주령이 자꾸 쫓아다녀서 곤란에 빠진 걸 마이가 구해줬죠? 그 뒤로 고전의 협력자에 지원했다고 해요.”

"네! 마이 씨는 생명의 은인이니까요!"
"그렇대. 굉장하네, 마이."
순순히 칭찬하는 니시미야를 향해 마이는 미간을 찌푸렸다.
"내가 퇴치한 거 승두였어. 칭찬받아봤자 바보 취급당하는 것 같거든?"
"그래도 마이 씨가 구해주신 건 사실이에요. 그래서 저도 마이 씨의 힘이 되고 싶어 창이 됐죠. 협력할 수 있는 일이 있으면 뭐든 말해주셨으면 좋겠습니다!"
"그럼 계산대 옆 케이스에 들어 있는 스콘 좀 사 와."
"알겠습니다!"
그렇게 말하고 유우는 의기양양하게 계산대로 향했다.
그런 대화를 미와와 니시미야는 '진짜냐'라는 얼굴로 지켜보았다.
"마이, 사람을 셔틀로 부리면 어떡해."
"그치만 저 아이, 즐거워 보이는걸."
"마이는 가~끔 여자를 홀리고 다닌단 말이지."
"그거 무슨 뜻이야?"
카페 한구석에 밝은 활기가 돌아왔다.
결국 유우는 부탁하지도 않은 츄러스까지 사 왔다.

"그럼 지금은 그 배회하는 주령을 쫓고 있구나."

조금 미지근해진 커피를 홀짝이며 마이는 중얼거렸다.

유우를 대화 안에 넣어 고전에서의 일과 교류회의 일, 그리고 이런저런 이야기를 하는 사이 최근 교토에 출몰하고 있는 주령의 이야기가 화제에 올랐다.

"네. 피해는 올해 6월 무렵부터 발생했는데, 현장과 피해자가 각기 동떨어져 있어서 주령의 흔적을 쫓지 못했던 것 같아요. 최근에야 동일한 주령이 넓은 범위를 배회하며 사람을 공격하고 있다는 걸 알아냈다고 해요."

"창인 것치고는 자세히 아네."

"후후, 보조 감독인 타나베 씨에게 들었죠. 최근에는 제가 담당하는 구역에서 피해가 자주 나오고 있어서요."

"흐응~."

이 아이, 입이 가벼운 것 같은데 괜찮나? 니시미야는 조금 걱정스러워졌다.

주술사에겐 주술의 재능 외에도 비일상에 대한 순수한 내성이 필요하다.

죽이고 죽임당하는 것이 일상다반사다. 평온하게 차를 음미하는 시간조차 이 평화로운 도시 어딘가에서는 저주가 꿈틀거리며 누군가가 저주받고 있다.

내일 또 누군가가 죽을 것이며, 혹은 자신이 죽는다.

그것을 뇌리 중심에 받아들이고 살아가야 한다……. 고죠 사토루의 말을 빌리면, '미치지' 않으면 안 된다. 즉, 갑작스러운 사건과 습격에 머리의 스위치를 즉시 전환할 수 있는 각오의 유무.

설령 일선에서 싸우는 주술사가 아니라 해도, 저주와 연관이 있는 자에겐 긴장감이 필요하다.

유우라는 소녀에겐 그것이 느껴지지 않았다.

외부 스카우트로 주술사가 된 미와가 봐도 유우라는 소녀에겐 위태로움을 느끼지 않을 수 없었다. '이 아이, 걱정된다니까요'라고 말하는 시선을 보내자, 마이도 잘 안다는 듯이 한쪽 눈썹을 들어 올렸다.

"유우, 네 주변에서 피해가 나오고 있다고 했지?"

"네."

"혹시 그 주령을 발견하게 되면 즉시 고전에 연락해야 한다?"

"물론이죠. 전 주령과 싸우는 건 아무래도 불가능하니까, 마이 씨에게 확실히 전달할게요."

"내게 직접 전달해서 어쩌자는 거야. 선생님이나 보조 감독을 통하도록 해."

"그치만 마이 씨가 조금이라도 더 주령을 퇴치해주셨으면 하는 걸요. 실적을 쌓으면 승급 추천으로 이어지는 거 맞죠?"

"저 아이가 잘 따르네, 마이."

어이없어하는 기색이지만 흐뭇함이 섞인 미소를 보내는 니시미야.

마이의 입장과 고생을 조금이라도 이해하고 힘이 되려 하는 존재는——조금 과해 보이는 경향이 있지만——니시미야 쪽에서 볼 때, 기쁜 것이기는 했다.

그런 니시미야의 시선을 마이는 성가시다는 듯한 손짓으로 털어냈다.

너무 놀림당하는 것은 곤란하다고 마이가 생각하기 시작한 무렵, 스마트폰으로 시간을 확인한 유우가 서둘러 자리를 떠났다.

"아, 죄송합니다. 전 슬슬 가봐야 해요."

"친구랑 약속이라도 있었어?"

마이가 묻자, 유우는 굳이 몸까지 돌려 고개를 저었다.

"아뇨, 일이에요. 아까 말한 그 주령이 얼마 전엔 후시미 이나리, 그 전엔 메이신 고속도로 쪽에서 저녁 무렵…… 황혼 무렵에 확인됐거든요. 다음엔 토후쿠지 사찰 주변이 아닐까 예상하고 있어서요."

"예상하고 있다니, 설마 독자적으로 조사하고 있어?"

"위험해요. 본격적으로 주령의 흔적을 쫓을 거면 주술사에게 맡겨야 해요."

참지 못하고 미와까지 끼어들었지만 유우는 걱정 같은 건 듣는 시늉도 하지 않고 밝은 미소로 대답했다.

"네. 어디까지나 잔예를 확인하는 정도만 해두겠습니다. 주령이 무서운 존재란 건 저도 잘 알고 있고……."

유우는 그대로 마이에게로 시선을 돌려.

"혹시 위험해지면 또 구해주셔야 해요."

찡긋, 하고 한쪽 눈을 감아 보였다.

미와와 니시미야도 시선을 돌리자 마이는 지긋지긋하다는 듯이 눈을 가늘게 좁혔다.

"스콘이랑 츄러스 값 정도라면."

"네!"

한숨이 섞인 목소리로 어깨를 으쓱이는 마이에게 유우는 진심으로 기뻐하는 미소를 지으며 걸어갔다.

마치 오리 새끼가 따라다니는 것 같다고 마이는 생각했다.

"구해주는군요?"
"예의상 한 말이야."
웃는 미와에게서 시선을 피하듯이 마이는 가게 입구 쪽을 보았다.
유우는 보이지 않게 될 때까지 성실하게 손을 흔들었다.
"그런데 실제로 뜻밖이네. 마이, 전에도 저 아이를 구해준 거지?"
니시미야의 질문에 마이는 한쪽 눈을 감았다.
"아까도 말했지만 승두였어."
"승두라면 내버려 둬도 상관없잖아. 그런데도 일부러 구해줬구나 싶어서."
"거의 무해해도 징그러운 게 보이는 건 기분 나쁘잖아. 그런데 솔직히 말해 구해준 걸 후회 중이야."
이미 차갑게 식은 커피를 다 마시고 마이는 얼굴을 찌푸렸다.
"누군가에게 매달릴 수 있다는 착각은, 질이 나빠."
마이의 시선이 먼 곳을 보고 있는 듯한 기분이 들어, 니시미야와 미와는 서로의 눈을 마주 보았다.
K 여대 근처에서 창과의 연락이 끊겼다——는 이야기가 들려온 건 그로부터 1주일이 지난 뒤였다.

"이미 늦었겠죠~."

타나베라고 이름을 밝힌 보조 감독은 담담하게 결론을 냈다.

임무 지령을 전하러 온 건 아니다.

학생 쪽에서 찾아와 주령 피해에 관한 정보를 요구하는 케이스는 드물면서 번거로운 일이었지만 사정을 묻자 타나베는 공개 가능한 범위 내의 정보를 전달했다.

너무 박정한 것 아니냐고 따지는 듯한 얼굴의 미와에게 타나베는 마키무라 유우가 능력을 넘은 조사를 했다는 사실을 덧붙였다.

광역 배회 원령.

추정 등급은 널널하게 매겨도 2급.

대다수의 주령이 한곳에 자리 잡고 있는 것과 달리, 그 주령은 그 이름대로 시가지를 광범위하게 배회하며 돌아다니고 있다. 하지만 궤도가 없는 것은 아니었다고 한다.

그 주령은 시선에 강하게 반응했다.

시선에 대한 반응 자체는 수많은 주령에게서 볼 수 있는 성질이지만 이 주령은 그 경향이 특히 강했다. 저주의 바탕이 된

인격의 영향인지도 모르지만 그것은 주령에 대한 대처에서 중요한 문제는 아니다.

주술사의 자질을 보일 정도는 아니어도, 왠지 모르게 저주의 존재를 감지할 수 있는――이른바 '영감이 강한 사람'은 드물게 존재한다.

문제의 주령이 공격하는 건 그런 사람들이었다.

자신을 인식할 수 있지만 저항할 힘은 없는 사람.

시선에 민감한 그 주령은 그렇게 먹이를 품평하는 한편, 전투력을 가진 주술사의 시선에선 즉시 도망쳐 교활하게 피해를 늘려가고 있었다.

마키무라 유우가 주목한 것은 그 특성.

전투력이 없는 감시자인 '창'이라면 주령을 끌어낼 수 있지 않을까?

그녀가 그런 제안을 했다고 한다.

"당연히 기각됐지요. 네에~. 그 주령은 애초에 그런 특성이 있기 때문에 '창'에 괜한 피해가 발생하지 않도록 특별히 신경 써서 조사를 하고 있었어요."

타나베의 목소리에는 짜증이 서려 있었다.

"네에, 구출 임무? 계획 없습니다. 여유 있게 대처할 수 있는 일급 주술사는 항상 인력 부족이에요. 하물며 주령의 위험성을 알고도 제 발로 위험 속으로 뛰어 들어간 창 따위야. 박정하다고 하셔도 상관없습니다. ……아이가 죽게 내버려 둔다? 저희 어른들 입장에서 보면, 당신들 학생도 아이입니다. 조사가 아직 충분하지 않은 주령의 대처에 3급 전후인 학생을 파견할 리가요."

들려오는 이야기에선 유우라는 소녀의 생각 없는 행동이 더욱 부각되기만 할 뿐이었다.

추정 2급 주령을 상대로 제멋대로 행한 접촉.

자기 판단에 따른 단독 조사.

어딜 봐도 동정의 여지가 없다.

미와는 그래도 불만스럽게, 니시미야는 어쩔 수 없다는 듯이 한숨을 쉬며 각각의 표정으로 교무실을 뒤로 했다.

마지막으로, 마이가 교무실을 나왔다.

태어났을 때부터 마이는 공포 속에 있었다.

이 세계에 가득 차 있는 '저주'란 이름의 더러움. 그것이 보이는 눈을 갖고 태어난 것을 마이는 몇 번 원망했는지 모른다.

새파란 하늘은 아름답고 거리의 색채는 선명한데 아름다움만으로는 끝나지 않는다.

주술사 집안 따위에 태어나지 않았다면, 세계가 저주받았다는 걸 몰랐다면…… 그녀의 눈동자는 아름다운 색채만을 바라볼 수 있었을지도 모른다.

저주가 보인다는 공포가 어느 정도의 것인지, 마이는 아주 잘 안다.

무섭지 않을 리 없다.

태연하게 마주했을 리 없다.

'구해주셔야 해요'라고 말하는 목소리가 마이의 귀에 메아리쳤다.

"……바보 같아."

입으로만 나눈 가벼운 약속.

지킬 의리 같은 건 있지도 않다.

타나베의 말대로 유우는 멋대로 위험 속에 뛰어들었다. 경거망동을 감안해 구해줄 정도의 사이도 아니다. 하물며 적은 2급이고 마이는 3급. 애초에 자신이 감당할 수 없는 안건이다.

"가능할 리 없잖아."

시각은 심야. 홀로 틀어박힌 자신의 방.

들려오는 소리 따윈 없는데도 귀를 막고 눈을 감는다.

죽게 두는 것이 정답이다.

아무도 책망 같은 건 하지 않는다.

그런데도 불쾌함만이 존재했다. 가슴 속을 마구잡이로 쥐어뜯는 무언가의 정체를, 마이는 홀로 찾고 있었다.

——거짓말쟁이.

문득, 머릿속에서 귀에 익은 목소리가 울려 퍼졌다.

눈꺼풀 안쪽에 얼굴이 떠올랐다. 마키다.

팔로 허공을 휘저었지만 사라지지 않는다. 마키의 눈동자가 가만히 바라본다.

"무슨 말이 하고 싶은 거야. 바보 아냐?"

쥐어짜듯이, 신음을 내뱉고…… 이윽고 깨달았다.

마음속에서 차근차근 자세히 들여다보니, 그것은 마키의 얼굴이 아니었다.

어렸을 때의 마이 그 자체다.

"——거짓말쟁이."

이번엔 선명히 들렸다.

중얼거린 것은 마이 자신의 목소리였다.

머릿속에서 기억이 맴돈다. 경치가 몇 번 전환된다.

손을 잡아준 언니. 놓지 않겠다고 약속해준 언니. 혼자 멋대로 어른이 되어 자신을 두고 나가버린 언니.

거짓말쟁이라고 책망하는 건 동생 쪽.

울먹거리는 건 항상, 자신 쪽.

"……난."

깊게, 깊게 호흡했다.

언어를 손으로 더듬어, 입에 담는다.

"난, 마키랑 달라."

홀스터에 권총을 꽂고 코트를 걸쳤다.

자신이 무엇을 하고 있는지 이해하는 쪽으로 머리가 움직이지 않는다. 아마 바보 같은 짓을 하려는 거고, 그게 제대로 풀리지 않을 것은 확실하다.

그래도 몸이 움직이는 건 도저히 두고 볼 수 없기 때문이다.

작은 약속에 기대어 믿고 있었다. 그 어리석은 소녀의 모습을 두고 볼 수 없기 때문이다.

그러니까 간다.

믿는 것 따위는 무의미하다고, 약속은 깨지기 위해 있다고, 자신이 그것을 증명하는 쪽이 되는 건——그저 한없이 불쾌하니까.

꿈속을 유영하는 듯한 머리로 떠밀려 움직이기라도 하는 것처럼 문의 손잡이를 돌렸다.

어두운 복도에 두 그림자가 있었다.

"카스미. 모모. ……어째서?"

"아마 가지 않을까 생각했으니까."

지팡이로 바닥을 탁 찍으며 니시미야가 말했다.

"그런데 혼자 가려 하다니, 섭섭하다고요."

검의 손잡이에 손을 올리며 미와가 말했다.

"……괴짜들이야."

어이없어하며 마이가 대답했다.

복도를 걸어가자, 세 사람분의 발소리가 조용히 울렸다.

니시미야와 미와가 당연하다는 듯이 따라 걸었다. 마이는 뒤를 돌아보지 않은 채로 말했다.

"점수도 못 받고 수입도 없어."

"난 마이랑 카스미를 따라가는 걸 좋아할 뿐이라서."

"수입이 없는 것은 곤란하니까 최소한 손해는 나오지 않게 하죠."

——하여간.

지금부터 가려 하는 곳은 수지가 안 맞는 위험. 애쓴 보람이 없을 헛수고.

누군가에게 칭찬받는 것도 아니며, 오히려 책망받아 마땅한 행동.

그래도 그 다리가 향하는 곳은──.

"저기, 마이. 그 아이가 그렇게나 걱정됐어?"

"설마. 그냥 바보 같은 애야."

"그럼 왜 구하러 갈 마음이 들었어?"

니시미야의 질문.

"난──."

복잡한 말을 생각하는, 논리적인 머리가 작동하지 않는다.

그렇기에 그저 머리에 떠오른 말이 마이의 입에서 그대로 흘러나왔다. 말해버린 뒤에 얕은 후회가 덮쳐왔다.

"날 싫어하게 되고 싶지 않아. 그게 다야."

짓이긴 입술이 밤의 싸늘함에 아파왔다.

K 여대에서 남쪽으로 이동하면 커다란 묘지가 펼쳐진다.

주령이 갈 만한 곳이면 그쪽이 아닐까 예상하고 갔더니, 아니나 다를까 잔예를 쫓을 수 있었다.

묘지에서 더 남하하여 선로를 넘고 사찰을 가로질러, 옛 모습이 남은 거리를 구획 짓고 있는 낡은 나무 담장길을 나아갔다.

황폐한 공터와 이끼가 돋은 창고. 어두운 공원과 잡목림.

누가 봐도 두려움이 고여버릴 듯한 길. 참 저주가 살기 좋은 마을이라고 마이는 생각했다.

잔예의 농도가 짙은 곳을 향해 길을 따라 발을 움직여…… 아마도 막다른 곳으로 추정되는 커다란 건물에 도달했다.

"……이거, 학교네요."

"전 학교지. 지금은 폐옥이야."

미와의 혼잣말에 니시미야가 대답했다.

주술사로서 말하자면, 시설은 크면 클수록 주술의 그릇이 되기 쉽다.

학교 같은 건 그중 으뜸이다. 하물며 옛 모습이 남은 마을의 폐교 건물쯤 되면, 이보다 더 안성맞춤인 명소는 없다.

잔예의 발자취는 교사 안쪽으로 이어져 있었다.

스마트폰의 손전등을 비추자, 교정을 향해 똑바로 궤적을 새기고 있는 잔예 옆에 생긴 지 얼마 안 된 혈흔이 있었다.

"어떻게 할래, 마이? 정면에서 쳐들어가는 건 위험하다고 생각하는데."

"모모랑 카스미는 내가 부를 때까지 대기하고 있어."

"혼자 들어갈 생각인가요?"

"들었잖아. 이 주령은 교활해. 주령이 노리는 건 어디까지나 주령을 인식할 수 있지만 대처할 힘은 없는 인간이야. 너희들이면 눈만 마주쳐도 도망치겠지.”

“그거라면 마이도——.”

미와가 말을 마치기 전에, 마이는 걸음을 재촉했다.

두 사람에게서 몇 걸음 떨어져 뒤를 돌아본 그 표정은 희미한 자조를 머금은 미소를 띄우고 있었다.

“내가 가장 약해질 수 있어.”

그 한마디에 두 사람은 마이가 무엇을 노리는지 깨달았다.

구축 술식.

무에서 유를 만들어내는 술식. 효과의 질만 보면 파격적인 성능이지만 그렇기 때문에 주력 소비가 심하고 몸에 가는 부담이 크다.

하루에 한 발의 총알을 만들어내면 그것으로 한계.

3급 주술사인 마이의 주력으로 술식을 미리 사용해버리면 어떻게 될지——.

“위험해, 마이.”

“알고 온 거야. 괜찮아. 학교 구조를 파악한 뒤에 LINE으로 연락할 테니까 그 뒤엔 지시에 따라줘.”

어두운 교사 현관으로 마이가 걸음을 내디뎠다.

“교류회에서 구해준 거, 확실하게 갚아.”

검은 코트로 몸을 감싼 등이 어둠 속으로 사라졌다.

애당초 저주란 무서운 것이다.

사람을 해하고 목숨마저 앗아간다. 영장(靈長)을 자칭하는 인류의 명확한 천적이다.

그런 당연한 사실을 주술사도 때로는 잊어버린다.

어설프게나마 대처할 힘을 가졌기 때문일까? 아니면 일상다반사처럼 자꾸 엮이니까 감각이 마비돼버린 걸까?

어느 쪽이든 전부 알고 있다 생각했지만 전혀 모르고 있었다.

자신이 주술사로서 일류가 아니란 걸 자각하고 있는 마이조차 저항할 방법을 가진 데에서 오는 교만함이 있었다.

바로 그렇기에 그제야 눈이 뜨였다.

사전에 주력을 미리 소비해 두는 미끼 전법.

술식을 사용한 뒤, 마이에겐 2급 주령에 저항할 만한 주력이 전혀 남지 않게 되었다. 남기는커녕, 육체가 피폐해지고 맥박은 흐트러져, 콧구멍에선 출혈까지 있었다.

만신창이.

부상당한 토끼.

지금은 승두를 퇴치하는 것마저 쉽지 않다.

그런 상태에서…… 마이는 교사 3층, 복도 끝 막다른 곳.
대치한 주령의 모습을 보고――떠올렸다.
공포를, 떠올렸다.

「――――――――――찾았~다~.」
평범한 생김새는 아니었다.
불에 진무른 피부. 가느다랗고 길며 관절이 두드러져 보이는 팔이 여섯.
배구공처럼 부풀어 오른 얼굴에 묘하게 길고 가느다란 눈이 세로로 네 개. 눈동자가 데굴데굴 넓게 꿈틀거리다 일제히 마이를 향했다.
입술이 없어서 그대로 드러난 이빨을 딸각딸각 울리며 웃고 있다. 인간이 지을 수 있는 표정이 아닌데도 인간의 기분 나쁜 감정만이 응축된 듯 보였다.
흉측한 이형이면서도 구불구불한 검은 머리가 주령의 모습에 그나마 소녀다움을 부여하고 있었다. 사람일 리 없는 것이 사람을 닮았다. 그것이 생리적인 혐오감을 부추긴다.
외견만으로 이해할 수 있는 존재의 격차.
이것이 저주.
이 세계를 좀먹는 인간의 천적.

——싫어.

싫어, 싫어. 무서워. 무서워. 아픈 것도, 노력하는 것도, 지긋지긋한데.

주술사 같은 건 정말 빌어먹을 역할만 돌아오지.

가슴 안쪽에서 진심이 넘쳐흐른다.

피가 얼어붙을 듯한 공포심이 머리에 이명을 울린다.

"……아……."

메마른 목을 떨어도 침방울 하나도 나오지 않는다.

그래도 숨을 들이쉬고, 이를 악문다.

주령의 옆에는 유우의 모습이 있었다.

아직 숨은 붙어 있지만 결코 무사하다고는 할 수 없다. 파랗게 멍든 눈꺼풀과 주령에게 침식되었는지 켈로이드 형태로 짓무른 뺨.

오른발이 꺾여 있었다. 도망을 재촉하는 것조차 불가능. 왼팔은 팔꿈치 앞쪽이 없다. 저주의 침식으로 출혈은 적지만 실혈사까지는 금방이리라.

위해를 가했다는 느낌보다는 난폭하게 놀다보니 망가져버렸다…… 는 모양새. 사람을 대하는 방식에서 주령이 인간을 어떻게 인식하고 있는지 알아차렸다.

주령에게 있어 유우는 아마 얼마든지 대체할 수 있는 장난감.

그리고 지금은 눈앞에 나타난 새로운 장난감——마이에게 관심이 쏠렸다.

"……마이, 씨……?"

부은 눈꺼풀을 뜨고 유우의 눈동자가 마이를 비췄다.

공포인지, 안도인지. 눈꼬리에 스며 나온 눈물의 이유는 알지 못한다.

그저 그 얼굴과 마주해버리면, 마이는 당당하게 행동할 필요가 있었다.

"눈 감고 있어. 보이지 않으면 없는 거나 마찬가지니까."

바보 같은 선택을 해버렸다.

도망치지 못하는 곳까지 와버렸다.

그렇기에 이젠 불안 따윈 없다는 양 앞으로 나아가는 것밖에 할 수 없다.

거머쥔 리볼버로 자세를 잡고——단단히 잡힌 동작으로 공이치기를 세웠다.

"이리 와, 호박."

머즐 플래시가 교사의 어둠을 밝혔다.

총알이 마치 빨려 들어가는 것처럼 주령의 이마를 포착했다.

보기보다 얼빠진 주령이라고 웃을 수 있었다면 좋았겠지만 통하지 않았다. 애초에 주령이 피할 것도 없었다고 하겠다.

마이의 총알에는 주력이 담겨 있지 않았기 때문이다.

「보네? 보여? 보이는데에? 보는 거야? 보는 거야아?」

가느다랗고 긴 팔을 흔들며 주령이 느릿한 동작으로 걷기 시작했다.

마치 달팽이 같은 속도.

그것이 천천히, 천천히 조금씩 속도를 올려 낄낄 웃으며 마이를 향해 다가왔다.

주령이 유우에게서 떨어진 것을 확인하고, 마이는 시선을 떼지 않게 조심하며 총구를 고정한 채로 뒤로 물러섰다.

눈을 마주하는 것만으로 땀이 배어 나올 것 같은 압박감.

떨리는 손가락으로 공이치기를 세우고 다시 한발. 통하지 않는 공격을 하는 행위에 탄약뿐만 아니라 정신까지 마모되는 것 같다.

표적을 빗나간 총알이 벽에 생채기를 새기자, 드디어 주령이 뛰기 시작했다.

마이 역시 전력을 다해 복도를 뛰었다. 하지만 모습을 놓쳐선 말이 안 된다. 틈틈이 뒤를 돌아보고 시선을 주어, 자신을 미끼 삼아 주령을 끌어냈다.

낡은 타일 바닥을 차고 썩은 벽지가 발린 벽을 밀며, 먼지가 가득한 계단을 몇 개씩 뛰어넘으며 내려갔다.

계단참을 꺾으며 뒤를 돌아보자, 주령은 여섯 개의 팔을 활용해 거미처럼 사사삭 달리고 있었다.

"저 팔, 어느 정도는 늘어나는구나."

이동 수단으로는 물론이고, 보기보다 리치가 긴 이상, 거리에는 한층 신경을 써야 한다.

잡히면 안 된다. 완전히 따돌려도 안 된다.

멀지도 가깝지도 않은 술래잡기를 마이는 목숨을 걸고 실천했다.

「보고 있는데?」

"큭——."

갑자기 뻗어온 팔에 코트 자락이 잡혔다.

피부에 소름이 확 돋으며 사고가 초조함으로 덧칠되었다. 입술을 꽉 깨물고, 떨리는 팔을 억누르며, 총으로 코트를 쏴 찢고, 달렸다.

극도의 공포와 긴장, 축적된 피로에 몸을 채찍질하여 질주.

폐가 죄어들 듯 아파오고, 다리는 족쇄가 달린 듯이 무겁다. 몸을 움직이는 모든 신호가 무모한 시도를 비난한다.

그래도 멈출 수는 없다.

유우를 죽게 둘 수도 없지만 자신이 죽을 수도 없다.

자칫 잘못해 희생 같은 걸 하는 꼴이 돼선 안 된다.

자신이 소중해서만은 아니다. 유우를 구하고 싶은 것만도 아니다.

살아서 돌아가지 않으면, 무사히 구하지 않으면, 자신의 말이 거짓말이 돼버린다.

그저, 그렇게 하지 않으려고 마이는 달리고 있다.

「보고 있는데? 봐줘? 보고 있는데? 볼래?」

“시끄러워!”

뒤엉킬 것 같은 다리의 속도를 강제로 올려 마이는 거리를 몇 미터 벌었다.

그러나――그곳은 2층 복도 끝.

새하얀 벽으로 막힌, 막다른 곳.

흔히 막다른 골목이라 하는 것과 마이는 마주쳤다.

“……읏.”

「――――찾았~다~.」

뒤를 돌아보니 그곳에 있는 것은 주령.

여섯 개의 긴 팔을 복도의 너비 가득 펼쳐 막아섰다.

옆으로 빠져나가 도주할 수 있을 거라는 생각이 들지 않는다.

리볼버의 남은 총알 수는 세 발. 구축 술식에 의한 재장전도 없다.

강제로 주력을 담으면 기력이 소모돼 걷는 것조차 불가능해진다. 물론 그렇게 해도 이 주령에게 치명상을 줄 수 있을 거라는 생각은 들지 않는다.

2급 주령을 상대로는 혼자서는 도주도 투쟁도 하지 못한다.

독 안에 든 쥐.

사면초가.

모든 위치적, 물리적인 상황이 절망을 가리키고 있다.

「찾았다. 찾았다. 찾았다아.」

히죽. 주령이 잇몸이 두드러져 보이는 입으로 웃어 보였다.

먹이를 앞에 두고 이빨을 드러내는 행위가 미소의 기원이라고 한다. 지금의 마이는 그 논리가 아주 잘 이해됐다.

주령이 봐도 마이는 이미 '체크메이트' 상태이리라.

이젠 서두르는 기색도 없이, 오히려 궁지에 몰아넣어 공포를 주는 시간을 즐기듯 마이를 향해 슬금슬금 다가왔다.

주령이 발산하는 혼탁한 기운이 바짝 태울 기세로 다가왔다.

이 주령은 분명 당장 죽이려고 하진 않으리라.

납치된 유우가 아직 살아 있다는 사실이 말해준다.

가지고 놀고, 유린하고, 인체를 아무렇게나 농락해, 그 끝에 '실수로' 망가트린다.

애처로운 유우의 모습이 마이의 뇌리에 되살아났다. 그것이 자신의 미래의 모습이라고.

이제 혼자선 그 결과를 바꿀 수 없으리라.

그렇다. 혼자서는.

“널널하게 매겨도 2급, 이라고 했는데……. 먹이를 앞에 두고 입맛을 다시다니 넌 역시 일류는 아니구나.”

「아아아?」

눈을 깜빡이며 의아한 듯이 눈을 가늘게 좁히는 주령.

마이는 뒤로 물러나, ‘아무것도 없는 흰 벽’에 등을 기댔다.

코트 주머니에 손을 찔러 넣었다.

“눈에 너무 의지하고 있어.”

엄지손가락으로 스마트폰을 조작해, 전화를 걸었다.

신호를 보내는 것은 그것만으로 끝이지만 정신을 차리고 보니 마이는 외치고 있었다.

“——모모!”

마이는 즉시 머리를 낮추고 허리를 낮게 떨어트렸다.

순간, ‘새하얀 벽’의 일부가 벗겨지고, 그 자리에 나타난 창문에서 강렬한 돌풍이 들이닥쳤다.

「오오오오오오오오오오오오오오오오오오오?!」

벗겨져 날아간 것은 마이가 구축 술식으로 만들어낸 가짜 벽.

하루에 총알 한 발이 한계인 마이가 견고한 벽을 형성하는 건 불가능하다.

그러나 어두운 복도에서 창문 하나를 감추는 것 정도는 가능하다.

니시미야는 주령을 눈으로 확인하지도 않고, 마이가 지시한 타이밍에 미리 열어둔 창문으로 바람을 보내기만 하면 된다.

좁은 복도에 불어닥친 바람은 달리 빠져나갈 곳이 없어 주령을 단숨에 날려버렸다.

「아아아아아아아아아아아아아!」

주령은 긴 팔을 뻗어 벽에 박아 넣고 버티려 했다.

마이는 창문 바로 아래, 바람의 사각지대에 자리 잡은 채로 두 다리를 힘껏 디디며 리볼버를 겨눴다. 그리고 있을까 말까 한 주력을 남은 탄환에 담아, 방아쇠를 당겼다.

총성, 한 발.

무리했던 신체가 삐걱거린다.

깨질 것 같은 두통이 엄습하고 눈에서는 피눈물이 스며 나온다. 마이는 눈을 감거나 하지 않았다.

두 발, 세 발.

박혀 들어간 총탄은 주령의 손을 멈칫하게는 했지만 치명상까지는 이르지 못했다.

주령은 복도의 반대쪽 끝으로 날려갔다.

그래도 위력이 부족하다. 이 바람과 총알로는 완전히 처리할 수 없다. 지금의 마이에겐 숨통을 끊을 만한 힘이 없다.

그러나, 이것으로 됐다.

마이에겐 애초에 자신이 승패를 결정지을 생각 같은 건 조금도 없었다.

왜냐하면 복도 반대쪽 끝에 처음부터 대기하고 있었으니까.

"나머진 할 수 있지? 카스미."

"――――신 카게류(陰流). 간이 영역."

미와 카스미가 형성하는 반경 2.21m의 간이 영역.

눈을 감고 시야에 기대지 않고도 쓸 수 있는, 풀 오토(전자동) 반사 영격술.

니시미야의 바람, 마이의 총탄, 도망칠 곳 없는 복도, 균형이 무너진 주령.

이중, 삼중의 상황 구축.

이 정도의 조건이 모이면 놓치지 않는다.

그것은 정면에 있는 적에 특화된 신 카게류 최속의 기술―― '발도(拔刀)'.

「아아아아아아아아아아아아아아아아! 봐! 찾았어! 찾아줘! 봐————.」

은색의 섬광이 어둠 속에서 반짝였다.

이형의 그림자가 둘로 쪼개졌다.

다음 날, 마키무라 유우는 도쿄교로 이송되게 됐다.

심신을 침식한 주력의 후유증과 단순 외상의 심각함을 고려해 이에이리 의사에게 부탁하기 위해서였다. 같은 수준의 치료가 가능한 교토의 의사는 손이 비어 있지 않았다는 뜻이기도 하다.

원래 구출할 예정이 없어 사망 취급을 하고 있던 인재.

애초에 외부 협력자이기도 했기에 그녀를 업무에 복귀시킬 이유가 전혀 없었다. 복귀는커녕, 어리석을 행동을 해 필요 없는 위험을 초래한 자다.

주술사도 아니고 이대로 버려도 문제는 없다.

치료는 해주는 것이니, 오히려 후한 조치였다고 하겠다.

응급처치를 받은 유우는 교토교의 의무실에서 이송을 기다리고 있었다.

창밖은 쾌청한 가을 하늘.

저 높은 곳을 흘러가는 구름의 속도는 느리다.

유우의 마음속과는 다른 상쾌한 날씨였다. 바깥 공기와 닿으면 조금은 마음이 가벼워질까 싶어 유우는 한 손으로 창문을 열었다.

순간, 볼을 쓰다듬는 듯한 부드러운 바람이 불어오고——마녀가 빗자루를 타고 내려왔다.

"안녕. 걸을 수 있게 됐구나."

빗자루를 옆으로 걸터앉은 니시미야를 올려다보며 유우는 잃어버린 한쪽 팔을 꾹 눌렀다.

"……주술로 지혈해주셔서 통증도 없으니까요."

"팔을 주워 왔으니까 봉합만 잘 되면 다시 붙을 거라더라. 반혼술식으로 치료할 수 있는 의사가 봐줄 거니까 결과도 좋을 거래. 잘됐네."

"……폐를 끼쳤네요."

"뭐, 폐긴 했지."

가식 없는 말이었지만 니시미야의 목소리에는 비난하는 기색이 없었다.

작은 체구를 가졌지만 어린 장난꾸러기에게 보내는 듯한 어처구니없다는 듯한 미소에는 3학년으로서의, 그리고 한 명의 주술사로서의 관록이 묻어났다. 이것이 유우에겐 눈부셨다.
"마이의 전언이야. 이번 일로 혼쭐이 났으면 앞으로는 따라다니지 마. 얼굴도 보고 싶지 않으니까 다음엔 내가 모르는 곳에서 멋대로 죽어, 래."
"…………다정하네요, 마이 씨."
"이 말을 듣고 그런 생각이 들어?"
"네."
"그렇구나."
그런 해석이 가능하다면, 행동은 경솔했어도 마이를 따랐던 건 맞으리라.
그것을 알기에 니시미야는 유우에게 차갑게 대하는 것이 불가능했다. 설령 무능한 아군이라 해도 그녀는 아군이었을 거라고 생각한다.
"건강하게 잘 살아. 안 그러면 우리가 저주를 퇴치한 의미가 없는걸."
"……네."
"울지 마, 울지 마. 여기서 더 눈이 부으면 귀여운 얼굴이 아깝잖아."
레이스로 테두리를 장식한 손수건을 건네고 니시미야는 하늘로 둥실 떠올랐다.

가을바람을 타고 빗자루가 커다란 원을 그렸다.

넥타이를 매고 있는 듯한 무늬의 새가 훌쩍 옆을 날아갔다. 저게 무슨 새더라 싶어 니시미야는 고개를 갸웃거렸다.

나무들의 잎사귀와 같은 높이를 날아, 기와지붕을 가로질러, 빗자루는 둥실둥실 날아갔다.

그리고 니시미야는 학교 현관에 서 있는 그림자를 보고서 고도를 낮췄다.

"택시, 여기요."

"첫 승차비는 800엔이야."

"비싸지 않아?"

마이가 빗자루 뒤에 훌쩍 올라탔다.

작은 빗자루, 두 사람의 무게를 지탱하기엔 조금 불안하지만 기숙사로 천천히 돌아가는 것 정도는 문제없을 듯했다.

합승한 상태로 니시미야는 조금 고도를 높였다.

조용히 이야기를 나누고 싶을 때는 복도보다 하늘이 좋다.

"모모, 머리카락이 조금 거슬려."

"좋아서 하는 거거든? 저번처럼 핸들로 삼지 마."

"그래, 그래. 카스미는?"

"타나베 씨에게 변명해주고 있어. 그 아이, 보조 감독에게 이미지가 좋으니까."

“그래? 나중에 보답해야겠네.”

듬성듬성, 비가 내리기 시작하는 때처럼 느릿한 대화.

높은 곳을 날기에 먼 곳이 보인다. 마이의 시선은 그 먼 곳을 향해 있었다.

부지 입구에 검게 칠한 차가 섰고, 그 차에 올라타는 실루엣이 보였다. 표정까지는 보이지 않지만 다부진 걸음으로 걷고 있었다.

“얼굴, 안 봐도 괜찮았어?”

“괜찮아.”

“그래.”

짧은 대화였다.

니시미야는 아무것도 추궁하지 않았고, 마이는 아무것도 덧붙이지 않았다.

마이는 자신의 말을 지켜, 단 한 사람을 구했다.

그것은 누구의 칭찬도 받지 못하고, 주술사로서의 평가로도 이어지지 않을 것이다. 제멋대로 판단해 부탁받지도 않은 주령을 퇴치했다.

젠인 가문의 잔소리는 늘어날지도 모른다. 비난은 한층 거세질지도 모른다.

그래도, 그러고 싶다고 생각한 자신을 무시할 수 없었다.

평소와 같이 숨이 막혀온다. 평소와 같이 지긋지긋하다. 그래도 마음의 중심은 평소보다 아주 조금 맑게 개어 있었다.

자신이 서 있는 위치를 바라보고 시점을 바꾸면 경치의 빛깔은 더욱 선명해진다.

"멀리까지 보이네, 모모."

"그렇지?"

"더 열심히 올라가면 더 먼 곳이 보일까?"

"힘들지만."

멀리, 멀리, 경치의 끝.

색색의 세계는 계속 이어진다.

더러운 빛깔도 분명 있다. 하지만 아름다운 빛깔도 있다.

여전히 저주받은 이 세계에서 주술사는 오늘도 살아간다.

젠인
마이
2019.11.30

제5화 산책길 뒤에

예술의 가을. 음악의 가을.

오락의 이유로 삼기에 부족함이 없는 계절.

주술사라고 해도 고전의 생도들은 학생이다.

학업이 학생 생활의 전부가 아니듯, 훈련과 임무가 삶의 전부는 아니다.

항시 전장에 있다고 여기는 마음가짐은 중요하지만 적절한 완급을 주지 않으면 몸이 버티지 못한다는 것도 사실이다.

몸도 마음도 놀이가 없으면 유연하게는 움직이지 못한다.

긴장해야 할 때는 긴장하고, 느슨하게 풀어줘야 할 때는 풀어주는 것이 중요하다.

교류회를 마치고 특별 주령을 물리친 직후에는 긴장감이 감돌았지만 주술사의 성수기는 지났다. 교토교의 학생들이 돌아간 무렵에는 그들에게도 일상이 돌아오기 시작하고 있었다.

바꿔 말해, 그날 도쿄교의 1학년들은 약간 한가했다.

특히 쿠기사키가 한가했다.

"이타도리, 한가해."

"보면 알아."

"어딜 보고 그렇게 생각했는데."
"스마트폰 앱 정리는 무지막지 한가할 때나 하는 거잖아."
"헤이, 이타도리. 도쿄. 시간 보내기. 추천."
"Siri에게 묻는 것처럼 말해도 말이지."
"그렇대, 후시구로. 뭐 재미있는 거 없어?"
"물어볼 사람을 잘못 선택했잖아."
"나 참. 우리 남자들이란……."
가을바람도 싸늘함이 더해가는 계절.
그렇다고 해서 고전 내에 있어봤자 따분하기만 하고, 훈련하려고 해도 2학년들은 임무 때문에 나가버렸다.
따라서 완전히 휴식 모드가 된 1학년들은 특별한 목적도 없이 근처 편의점까지 걸어가기 위해 밖에 나와 있었다.
딱히 사고 싶은 물건이 있는 건 아니다.
그래도 왠지 모르게 잡지 신간이 나왔나 싶어, 새로운 주스가 나오진 않았나 싶어, 혹은 단순히 밖이 조금 춥다거나 하는 이유로 한번 들러보는 것이 편의점.
고죠가 '속세와 동떨어진 경향이 있는 주술사가 시류를 민감하게 좇을 수 있는 장소'라고 바로 이해되지는 않는 명목을 내세운 적이 있지만 그것은 진지한 말이 전혀 아니었다는 걸 고전 학생들은 알고 있었다. 실제로 '지금 당장 도넛이 먹고 싶을 때를 위한 긴급 판매대로밖에 생각 안 하죠?'라고 태클을 건 이지치가 연수 촙을 당했다.

"어디 놀만 한 곳 없나? 이 근처 가게들은 대충 다 봤지?"

잡지 코너에 선 쿠기사키가 관광 팸플릿을 펼치면서 중얼거렸다.

그 옆에서 주간 만화잡지를 펼치며 이타도리가 대답했다.

"오늘은 어슬렁어슬렁 돌아다닐 기분도 아니니까. 노래방도 좋지만 저녁까지 틀어박혀 있기엔 남은 시간이 너무 많지."

"오늘 기온이면 목을 따듯하게 해둬야지. 안그러면 요스이는 힘드니까."

"첫 곡은 역시 이노우에 요스이야?"

"당연하지. 이래 봬도 선곡은 알기 쉬운「리버사이드 호텔」이거든. 너희에게 맞춰서 말이지."

"잘은 몰라도 배려해주고 있다는 건 알겠어. …………이거 뺑이지?!"

"무슨 예능에서나 할 것 같은 리액션을 하고 있어?"

"읽고 있던 만화가 끝나 있어! 두 개나!"

"아, 넌 죽어 있었으니까."

이타도리가 들고 있는 잡지를 들여다보며 별일 아닌 양 말하는 쿠기사키. 남자들은 어째서 이렇게 '소년'이란 타이틀이 붙은 잡지에 끝도 없이 빠질 수 있는 거냐며 고개를 갸웃거렸다.

"진짜? ……상당히 충격인데. *우라시마 타로가 이런 기분이었나?"

"유난 떨긴. 죽어 있던 건 두 달 정도였잖아."

"대놓고 돌아다니지는 못했으니까. 두 달은 주간 만화가 잘리기에 충분한 시간이었구나……. 후시구로, 혹시 이 만화 챙겨 봐?"

"안 봐."

이름을 불린 후시구로는 뒤도 돌아보지도 않고 껌 진열대를 살펴보며 대답했다. 관심 한 조각 없는 모양새였지만 이타도리는 익숙한 기색으로 신경 쓰지 않았다.

"첫, 엄청 궁금한 곳에서 끝났었는데."

"단행본이 나올 때까지 기다리면 되잖아."

"그것도 그런가. ……단행본이라고 하니 말인데, 내 방에 있던 만화랑 게임에 포스터까지 전부 사라져 있더라. 죽은 걸로 돼 있었으니까 어쩔 수 없지만."

"불쌍하긴 한데 포스터는 이제 붙이지 않는 게 좋을걸? 아니, 그보다 죽은 자의 성적 취향을 깨달으면서 처분해야 하는 몸이 되어봐."

"잠깐? 내 방에 있는 물건들을 처분한 거, 쿠기사키였어?"

*우라시마 타로: 용궁에 갔다고 고향에 돌아와보니 시간이 엄청나게 흘러 있었다는 옛날이야기의 주인공.

“처분을 도운 건 후시구로야.”
“고맙다, 후시구로!”
“살아 있다는 걸 알았으면 보관해 뒀겠지만.”
“아냐. 처분해서 다행이야.”
“누가 보면 곤란한 거라도 있었어?”
“……딱히…… 없었는데…….”
후시구로와 이타도리의 표정을 보며 쿠기사키는 눈을 가늘게 좁혔지만 더 깊이 추궁하지 않았다. 여자 나름의 자비라고도 할 수 있겠다.
“그보다 언제까지 잡지만 보고 있을 순 없잖아?”
“쿠기사키, 어디 가고 싶은 곳 없어?”
“그러는 넌 없어?”
“그럼 영화라도 보러 갈까?”
“지금 재밌는 거라도 해?”
“근처 영화관에서 스타 샤크 VS 메가 좀비를 하고 있거든.”
“죽었던 녀석이 좀비 영화를 보는 거, 완전히 블랙 코미디 아냐?”
“그런 태클은 예상 못 했네.”
태연한 태도의 이타도리에게 쿠기사키는 꽤 진심으로 ‘진짜냐, 이 자식’ 하고 말하고 싶어하는 시선을 보냈다. 정말로 ‘한

번 죽어서 죄송합니다'라고 생각하는 거냐고 묻고 싶은 기분도 든다.

"그보다 너, 영화 취향이 안 좋아진 거 아냐?"

"그런가? 요 두 달간 고죠 선생님이 이것저것 보게 했거든. 재밌는 영화도 보고, 보기만 해도 넌더리가 나는 영화도 보고……. 한 100편 정도 봤나?"

"그 인간, 정체 모를 중고 DVD 엄청 가지고 있을 것 같아."

"하지만 스타 샤크 시리즈는 평범하게 재밌는데? 상어 영화에 상어도 나오고."

"영화 오타쿠의 어딘가 핀트가 어긋난 추천, 도저히 못 버티겠어."

"어라?!"

"그걸 보러 갈 거면 나도 돌아갈래."

"에엥?!"

상당히 진심으로 질색하는 기색의 쿠기사키와 후시구로를 보고 자신이 생각보다 상당히 어긋나기 시작했다는 걸 자각한 이타도리는 약간 상처를 입었다.

안 그래도 짧은 기간 동안 옥석이 섞인 고밀도의 영화 생활을 보냈다.

영화를 추천한 고죠는 말할 것도 없고, 요시노 준페이가 상당한 영화 마니아라 이야기가 잘 통했던 것도 있기에, 이타도리의 영화 감각은 조금 마니악해져 있었다. 어쩌면 모두에게 통할 거라고 생각한 '『캐스트 어웨이』의 톰 행크스' 흉내도 통하지 않는 게 아닐까 걱정이 됐다. 하지만 당연히 그건 통하지 않으리라.

뭔가 한 마디로는 표현할 수 없는 쓸쓸함을 느끼는 이타도리였다.

"음~, 그럼 말이지……."

노래방도 영화도 기각되어 선택지가 사라지자 이타도리는 뭔가 없을까 싶어 잡지를 파라락 넘겼다.

하지만 그렇게 넘기고 있는 건 만화 잡지다.

가까운 관광지나 유명한 가게의 정보가 나올 리도 없고, 사실은 페이지를 넘기며 머릿속에서 생각에 잠겨 있는 것뿐이다.

그런데 문득 넘긴 페이지에 손이 멈췄다.

그것은 현재 인기리에 연재 중인 어느 스포츠 만화의 와이드 페이지.

"맞다. 스포츠의 가을이잖아."

"뭐, 변변찮은 생각이라도 떠올랐어?"

"내년 교류회를 대비해서 스포츠 특훈을 하자."

"뭐어?"

이타도리의 제안에 쿠기사키가 진심으로 싫다는 얼굴을 한 사이, 후시구로는 계산대로 가서 민트맛 껌 값 계산을 마쳤다.

돌아가면 자기들 멋대로 무엇을 할지 결정해 놓겠지 하고 생각하는 한편, "데우시겠어요?" 하고 묻는 점원의 머리 위에 올라탄 승두를 퇴치했다.

그런 연유로 1학년들에게 있어 오늘의 가을은 스포츠의 가을이 되었다.

"특훈이라고 해서 무슨 소리인가 했더니, 이런 거구나."

"여기, 한번 와보고 싶었단 말이지."

편의점에서 나와 역으로 이동, 전철을 타고 십여 분.

1학년 세 명이 찾은 곳은 도쿄 내에 체인점이 몇 군데나 있는 모 실내 스포츠 어뮤즈먼트 시설이었다.

야구. 아니, 배팅 센터는 물론이거니와, 탁구와 당구, 풋살, 롤러스케이트와 골프, 세그웨이까지 즐길 수 있다. 가벼운 음식과 노래방 시설도 갖춰져 있어 시간을 때우기에는 난감하진 않은 시설이다.

지방에도 이런 시설이 있긴 하지만 도쿄의 시설은 무엇보다

종류와 규모가 달랐다. 단순히 스포츠의 가을이라고 하면 뭔가 진부하게 들리지만 시설을 본 쿠기사키의 표정도 밝았다.

"너치고는 괜찮은 걸 떠올렸네. 여기라면 뭔가를 하다 질려도 이것저것 해볼 수 있고."

"그렇지? 후시구로, 안내 부탁해."

"와본 적 없는데."

"거짓말. 도쿄에 살고 있으면서?"

"넌 도쿄에서 뭘 하며 살았던 거야?"

"그 편견은 슬슬 버려."

"동경이라고 해줘."

"기름 범벅이 된 갈매기에 불을 붙이며 노는 것 말고 다른 놀이도 할 줄 알아야지."

"대체 무슨 이미지야?"

두 사람의 이리저리 튀는 대화에도 슬슬 익숙해진 후시구로였다.

어쨌든 시설에는 놀 것이 다양하다. 이타도리와 쿠기사키는 가만히 내버려 둬도 뭔가 가지고 놀 것을 찾아 신나게 놀겠지.

그동안 뭘 하면서 시간을 보낼까 생각하며 후시구로는 실설 내의 어뮤즈먼트 안내판 쪽으로 시선을 돌렸다.

게임 코너가 그럭저럭 충실하게 갖춰져 있는 것 같아 보였지만 이상한 대전 게임이라도 발견하면 귀찮아질 것 같다는 생각이 들었다. 전에 아키하바라에서 이타도리와 같이 했던 게임은 고행이나 마찬가지였다.

뭐, 여긴 스포츠 시설이 충실하고, 이타도리와 쿠기사키는 굳이 말하면 활동적이다. 이런 곳에서 굳이 게임에 관심을 주진 않겠지——하고 생각하며 시선을 돌리자, 그들은 이미 어뮤즈먼트 접수대에서 소란을 피우고 있었다.

“굉장해, 쿠기사키. 여기서 세그웨이를 탈 수 있어!”

“진짜? 도쿄는 미래를 살고 있구나.”

“세그웨이가 일반인이 타도 되는 물건인가?”

“고카트에 면허가 필요하냐는 이야기잖아.”

“아하.”

“지금을 놓치면 세그웨이는 평생 탈 기회가 없을 거야.”

“그렇지? 『몰 캅』 놀이를 할 수 있겠다.”

“그게 대체 무슨 영화야? 난 모르거든?”

“영화란 건 알아차렸잖아. 아, 보드형 세그웨이란 것도 괜찮다. 『백 투 더 퓨처』 같아서.”

“너, 이거 진짜 심각해. 몇 개월간이나 영화를 제외한 모든 오락거리를 뺏기면 다 그렇게 돼?”

“후시구로는 세그웨이 어느 거 탈래?”

"후시구로는 평범한 세그웨이가 괜찮지 않을까? 비주얼적으로 재밌잖아."

"아, 확실히 한번 보고 싶다. 반듯한 자세로 세그웨이를 타는 후시구로."

"그렇지? 오히려 분명 어울릴걸?"

"…………."

몇 초가 지난 뒤, 후시구로는 "아, 나도 타는 거로 결정된 거야?"라고 현실은 인식하고, 달리 시간을 보낼 걸 찾는 것을 포기했다.

어느 한쪽이라면 몰라도, 이타도리와 쿠기사키가 하나가 되면 이길 수가 없다.

"잠깐! 이거 멋대로 꺾이잖아!"

"힘을 빼! 체중을 가하면 일일이 방향이 바뀌니까!"

"힘이 없으면 속도를 추구할 수 없잖아!"

"그게 대체 누구 이론이야!"

"아일톤 세나!"

"엉터리잖아! 세나는 세그웨이에 안 타!"

──아하. 익숙하지 않으면 타는 게 꽤 어려운 탑승기구다.

핸들이 없는 타입의 스케이트형 세그웨이에 새끼 펭귄 같은 자세로 올라탄 쿠기사키에게 이타도리가 일일이 참견을 했다.

스케이트나 스케이트보드와도 다르니 무리도 아니다.

오히려 한 번에 능숙하게 타고 있는 이타도리의 운동 신경이 여전히 괴물 같다고 할 수 있으리라.

순순히 트레이너에게 가르쳐달라고 부탁하면 좋지 않았을까? 후시구로는 그런 생각이 들었지만 이제 와선 새삼스럽게 말해봤자 의미가 없다.

후시구로는 코스 가장자리를 미끄러지며, 약간 먼 곳에서 두 사람의 떠들썩한 모습을 지켜보고 있었다.

가까이 가면 쿠기사키가 부딪쳐 올 것 같았고, 오기를 부리면서 이쪽에 영문 모를 소리를 할 것 같기도 했으며, 기름 범벅이 된 갈매기가 대체 무슨 소리였는지 아직까지 신경이 쓰이기도 했다.

"저 녀석들, 계속 떠들썩하네."

잘도 저렇게 계속 기운이 넘쳐난다며 감탄했다.

솔직히 말해 이타도리와 쿠기사키는 죽이 잘 맞는 편이라고 후시구로는 생각한다.

전에 "너희 사이좋지?" 하고 말했더니 쿠기사키가 엄청난 얼굴로 '하아?'라고만 말했기에 그 뒤로는 말해본 적 없다.
'*이타'와 '**쿠기'라서 상성이 좋은 걸까 생각해본 적도 있는데, 그렇게 따지면 자신이 '***후시'인 것을 가지고 짜증날 정도로 놀릴 것 같아 생각하는 걸 그만뒀다.
그건 그렇고.
"……이미 많이 본 모습인데."
이타도리와 쿠기사키가 소란을 피우는 걸 가만히 보고 있자니, 후시구로는 상당히 그리운 광경을 보고 있는 듯한 기분이 들었다.
아니, 실제로 오랜만이다.
이타도리가 '스쿠나의 손가락'을 집어삼킨 것이 6월.
그 뒤, 쿠기사키가 도쿄교로 옮겨와 이타도리와 함께 보낸 것이 기껏해야 2주.
1학년 셋이 같이 모여 있었던 건 고작 그 정도다. 서로 보지 못했던 기간 쪽이 훨씬, 훨씬 길다.
이타도리가 '죽은' 뒤, 후시구로와 쿠기사키는 두 달 가까운 시간을 '결여된 것'을 바라보며 시간을 보냈다.
동료가 죽었다.
그것 자체는 주술사로서 살다 보면 그리 드문 일이 아니다.

*이타: 일본어로 '널빤지'.
**쿠기: 일본어로 '못'.
***후시: 일본어로 널빤지의 옹이 구멍을 '후시아나'라고 함.

저주에게 죽는다. 주저사에게 죽는다. 희생의 수를 세면 끝이 없다.

그렇다고 해서 완전히 태연할 수 있을 리 없다.

당사자에게 있어서——이타도리에겐 적용되지 않지만 보통은——죽음은 경험한 순간에 끝나는 것이다.

그러나 주변 사람들에게 있어 가까운 사람의 죽음은 시작에 불과하다.

타인의 죽음에서 오는 마음의 충격은 본래 사망 직후엔 격통이다가도 시간이 지나면 오래 가는 둔통처럼 되어 간다. 유언이라도 남아 있으면 그 뒤의 인생에서 빠지지 않는 가시가 된다.

후시구로와 쿠기사키의 경우도 예외는 아니었다.

텅 빈 기숙사 방.

나란히 걸어갈 때 자연스럽게 비는 공간.

문득 이야기를 하려가 시선을 돌린 곳에 존재하는 허공.

아침에 일어나 하루를 보내고, 잠자리에 드는 그런 별다를 것 없는 일상 속에 조금씩 스며들듯이 '이젠 없다'는 현실이 찾아온다.

생각을 아무리 끊으려 해도 친구가 죽은 과거도, 자신들의 힘이 부족했던 과거도 변하지 않는다. 아무리 수련을 쌓아도, 과거의 자신을 뛰어넘어도, 그날, 그 시간에 구하지 못했다는 결과만큼은 항상 남는다.

그래도 조금씩, 마침표를 찍고, 극복하여, 몇 번이고 몇 번이고 원통해하고 원통해하며, 간신히 죽은 자를 과거로 만들어 간다.

그런 시간을 후시구로도 쿠기사키도 극복해 왔다.

그런데——갑자기 악몽에서 깨어나기라도 한 것처럼 이타도리가 돌아왔다.

저주의 왕, 양면 스쿠나의 소행이다.

후시구로는 스쿠나와 대치했을 때, 그가 반전 술식을 사용할 수 있다는 걸 알었다. 그릇을 소생시키는 것쯤이야 신기하게 생각할 일은 없다.

그래도 분명 죽었던 자가 이곳에 있고, 구하지 못했던 자가 웃고 있다.

당연히 기쁘다.

반면, 아직 당혹감도 있다.

후시구로의 가치 기준에선 이타도리는 선인(善人)이다.

선인에게도 불행과 죽음은 평등하게 찾아온다. 하지만 세상에 그런 수많은 부조리가 존재한다면, 기적 같은 구원이 있어도 나쁘진 않다고 생각한다.

그저, 아직 현실감이 들지 않는다.

마음 저 밑바닥까지 납득을 하지 못했다.

"후시구로, 무슨 일이야? 얼굴을 그렇게 잔뜩 찌푸리고."

보드형 세그웨이에 올라탄 이타도리가 세그웨이를 제 몸처럼 다루며 다가왔다. 어깨너머로 그 뒤를 보자, 쿠기사키는 여전히 조종에 고전하고 있는 듯했다.

"딱히. 그보다 이거 언제까지 탈 거야?"

"슬슬 내릴까 해. 역시 인기가 있어서 시간제한이 있는 것 같더라. 다음에는 뭘 탈까?"

"선택지가 타는 것밖에 없는 거냐?"

"트램펄린 할까?"

"나한테 시키면 재밌어 보이는 걸 고른 거지?"

"들켰어?"

그늘 없는 얼굴로 이타도리가 웃었다.

한번 보면 인성을 알 수 있는, 선량한 사람이 짓는 미소.

하지만 전과는 어딘가가 다르다.

돌아온 뒤로 이타도리는 가끔 몹시 서글픈 얼굴을 하게 됐다.

웃고 있는 눈동자의 깊은 곳이 눈물에 뚜껑을 덮기라도 한 것처럼 일렁이고 있어, 숨이 끊어지기 전에 보여준 마지막 미소와 매우 흡사했다.

이 두 달간, '무슨 일이 있었다'는 건 후시구로도 안다. 자세한 경위는 듣지 못했다. 하지만 아마도 자신의 죽음, 그리고 누군가의 죽음을 직시했던 것이리라.

주술에 깊게 엮이면 엮일 수록 그늘 없는 미소는 지을 수 없게 된다.

돌아온 이타도리는 확실히 전보다 주술사가 되어 있었다.

그것이 후시구로에겐 조금 서글펐다.

"싸우자. 싸워서 이기고 싶어."

"전투 민족이냐."

구기 코너를 엄지손가락으로 가리키는 쿠기사키에게 이타도리는 저도 모르게 솔직한 리액션을 보이고 말았다.

"애초에 교류회 특훈을 하자고 한 건 너였잖아. 체력이랑 기술로 흑백을 가리는 걸 해야지."

"그것도 그러네."

"그러고 보니 이타도리, 너 운동신경이 엄청난데 부 활동은 뭘 했었어?"

"오컬트 연구회."

"오컬…… 뭐?"

"심령현상을 연구하는 오컬트 연구회. 정말 마음 편했어. 우리처럼 세 명밖에 없었지만."

"흐응, 그럼 좋은 부였네."

——그러고 보니 선배들은 건강하게 잘 있을까? 이타도리의 머리에 문득 추억이 스쳤다.

이전 학교에서 전학 오고 아직 반년도 지나지 않았다.

저주를 치료할 수 있는 사람이 파견됐다고 들었으니까 이구치 선배는 무사할 거라고 믿고 있다.

단, 오컬트 연구회의 부원이 두 사람이 돼버린 것이 유감이다. 동호회의 정원에 미치지 못하게 돼버렸다.

그리고 무서운 걸 좋아하는 주제에 겁이 많은 두 사람이, 진짜 공포를 알아버린 두 사람이, 과연 지금도 무서운 걸 좋아하며 있을 수 있을지——.

"뭘 그렇게 멍하니 있어? 졸려?"

"아니. 아무것도 아냐."

무언가를 떨쳐내듯 고개를 내젓는 이타도리를 쿠기사키는 더는 추궁하지 않았다.

"그래? 모처럼 점수를 겨룰 수 있는 스포츠면 뭔가 내기를 하는 게 긴장감이 있겠지?"

"돈은 곤란하지 않을까?"

“넌 날 뭐라고 생각하는 거야?”

이타도리의 말이 농담이란 걸 알기에, 쿠기사키는 가볍게 어이없어할 뿐인 반응을 돌려줬다.

“벌칙 게임이야, 벌칙 게임. 한턱내는 건 동료 사이에선 그다지 하고 싶지 않고, 점수가 제일 낮은 사람은 큰 목소리로 성대모사를 하는 거 어때?”

“그거 좋다!”

한편, 이타도리는 쿠기사키의 제안을 흔쾌히 승낙해버렸다. 이 대회에 아마 자신도 포함돼 있을 거라고 생각하니 후시구로는 얼굴을 찡그릴 수밖에 없었다.

“종목은 네가 고르게 해줄게.”

“책임이 막대하다, 후시구로.”

“왜 나한테 돌리는 거야.”

하지만 벌칙 게임이 싫은 건 맞다. 그렇다면 종목은 자신이 선택할 수 있는 게 좋다.

후시구로는 스포츠코너 안내판에서 운이 개입할 요소가 적고, 전문적인 기술로도 차이가 벌어지지 않을 만한 것을 고르기로 했다.

“그럼 배팅.”

“역시 이렇게 나오겠지. 얼마 전에 야구를 했던 참이니까.”

"교토교의 투수 대책이구나."

"피칭머신을 그 당사자라고 인식하는 건 그만두자."

뭐, 무난한 선택이긴 했다.

야구는 적어도 교류회에서 최소 한 번은 해봤고, 이타도리의 말도 안 되는 완력과 지구력을 구사한다고 하더라도 기술로 커버할 수 있다.

"난 첫 타가 좋아."

"이타도리, 넌 제일 마지막이야."

"선택권이 없는데요……."

"당연하지. 내가 1번 타자니까. 네 무식한 힘에 홈런 보너스까지 붙으면 대결이 안 될 테니까 15구 안타 승부를 하자."

"나도 선택이 없는 거냐."

당연하다는 듯이 후시구로를 무시하면서 배트를 들고 배터박스에 들어가는 쿠기사키.

배트를 수직으로 세우고 소매를 걷어붙이는 듯한 동작을 했다. 형태부터 잡고 들어가는 타입이란 건 교류회 때부터 명백했다.

"잘 보고 있어. 토호쿠의 마 군 마크2, 국산 *오타니 쇼헤이가 바로 나야."

"오타니 쇼헤이는 원래 국산이잖아."

*오타니 쇼헤이: 일본의 야구선수.

"그럼 토호쿠의 오타니 쇼헤이인 거로 할게."

"오타니 쇼헤이도 토호쿠 출신이잖아."

"거 일일이 말이 많네."

이타도리의 태클에는 아랑곳하지 않고 타석에 집중하는 쿠기사키. 배트의 끝을 흔들며 투구에 맞춰 단단히 타이밍을 쟀다.

"좋아, 왔다! 베스트 코스!"

캉, 하는 상쾌한 타격음이 울렸다.

머신이 던진 스트레이트는 첫 구부터 상당한 클린 히트로 네트에 빨려 들어갔다.

"쿠기사키, 은근히 배팅을 잘하네."

"당연하지. 평소에도 허공에 있는 못을 망치로 닥치는 대로 두드리고 있다고. 정확히 중앙을 맞히지 못하면 못이 휘어져 버리거든?"

"엄청난 설득력인데?"

실제로 쿠기사키의 동체시력과 컨트롤은 상당한 것이었다.

강제로 찍어누를 생각으로 설정되어 있던 교토교의 스페어 메카마루…… 즉, 피칭머신이라면 몰라도 어뮤즈먼트 시설에서 날아오는 직구 정도는 식은 죽 먹기라고 할 수 있겠다.

마 군과 오오타이 쇼헤이를 자칭하면서 왜 진자 타법을 쓰는건지 남자들은 궁금했지만 점수만 딸 수 있다면 딱히 중요한 일은 아니리라.
그런데 세 번째 구쯤부터 양상이 변하기 시작했다.
"하아?!"
피칭머신의 각도가 기운다 싶더니만 발사된 공이 쿠기사키의 바로 앞에서 휙 날카롭게 변화했다. 직구를 예상한 배트는 허망하게 허공을 갈랐다.
"잠깐. 저 녀석, 마구를 던진 거야?!"
"변화구야."
"직구의 구속도 변했거든?"
"최상급 코스로 설정한 건 너잖아."
뒤를 돌아보는 쿠기사키에게 후시구로는 담담하게 진실을 말했을 뿐.
"이놈들, 교토교! 정정당당하게 직구 승부를 할 생각은 없는 거냐?!"
"저건 메카마루 선배랑 상관없잖아."
"빌어먹을. 잘 봐! 다르빗슈를 보고 훔쳐낸 외다리 타법이 불을 뿜을 테니까!"
"쿠기사키의 야구는 투수밖에 없네."
"게다가 진자 타법이고."
이타도리와 후시구로의 냉정한 지적에 현혹되는 일 없이, 쿠기사키는 가끔 섞여서 날아오는 변화구에 농락당하면서도 분투, 변화구에도 점차 파울팁을 내기 시작했다.

여기에는 이타도리도 순수하게 감탄을 흘렸다.

"굉장하다, 쿠기사키. 저거, 야구부도 힘든 거 아닌가?"

"판다 선배에게 훈련받은 게 효과를 발휘하는 걸지도."

"판다 선배, 변화구 투수야?"

후시구로의 말에 야구팀의 마스코트 같던 판다를 떠올리는 이타도리. 후시구로는 고개를 젓는 것조차 하지 않았다.

"그건 아니고, 틀에 연연하지 않는 스타일이거든. 대응력이 길러져."

"헤에~, 그래?"

"우리도 네가 없는 사이에 질릴 만큼 전투 훈련을 했어. 체력이랑 안력, 사고력도 단련됐겠지."

"아아……. 그렇구나."

이타도리는 그 말을 음미하듯이 진지하게 끄덕였다. 한편, 후시구로는 '그래도 네게 추월당했지만'이란 말은 그대로 삼켜버렸다.

결국, 그 뒤에도 쿠기사키는 그럭저럭 공을 쳐 이러니저러니 해도 15구 중 5안타를 기록, 그중 하나는 홈런 코너에 공을 박아 넣었다.

"어때, 이타도리. 타율 3할에 홈런 하나야. 에이스지?"

"홈런은 따지지 않기로 한 건 너잖아."

"시끄러워! 자, 후시구로. 다음!"

"응."

배트를 건네받은 후시구로는 영 의욕이 돋지 않는다는 양 배터 박스에 들어갔다.

평소라면 이런 류의 놀이는 대충하고 넘기겠지만 솔직히 말해 쿠기사키의 성적이 상당했다. 교류회에서도 홈런을 날린 이타도리가 쿠기사키보다 뒤질 거라는 생각도 들지 않는다.

그렇다면――벌칙 게임이 현실적으로 다가오기 시작했다.

후시구로의 뇌리에 최악의 예상이 스쳤다.

성대모사. 큰 목소리로. 대체 누구를?

굳이 말할 것도 없지만 후시구로는 성대모사 같은 걸 할 타입이 아니다.

이럴 때를 대비해 준비해 놓은 건 당연히 없고 비슷하게 할 수 있겠다고 여겨지는 사람도 없다. 아무것도 생각해내지 못하면 멋대로 비슷한 연예인을 들고 와 억지로 시킬 것 같은데 그것도 견디기 어렵다.

그렇다고 해서 이런 류의 놀이에 진 뒤, '벌칙 게임 같은 걸 어떻게 해? 난 패스'라고 하는 게 얼마나 '깨는' 지는 후시구로도 잘 알고 있었다.

이 상황, 후시구로가 상상한 것 이상으로 지면 안 되는 상황이다.

하지만 그러나.

"……제길."

상당히 난이도가 높다.

공중에 뜬 표적을 치는 데에 익숙한 쿠기사키인데도 불구하고 고전한 속구와 변화구의 콤비네이션.

배트를 휘두르기 시작한 시점에서 타이밍과 코스가 어긋났다는 것이 느껴져 어중간한 폼으로 허공을 헛스윙했다.

"벌칙 게임의 주인공은 결정됐네."

"시끄러워."

배트를 휘두르는 손에 힘이 들어갔다.

그렇지만 힘을 준다고 성적이 잘 나오는 것도 아니다.

야구는 종합력의 스포츠다. 하지만 전체 경기라면 몰라도 배팅에 한정하면 쿠기사키에게 유리했다는 걸 후시구로는 인정하기 시작했다.

이왕 이렇게 된 거, 운에 맡기고 치기 쉬운 코스로 오는 직구만 노릴까? 그런 생각이 머리를 맴돌았다.

그런데 어떤 기억이 머리를 스쳤다.

——메구미, 넌 최선을 다하는 법을 모르지?

며칠 전, 고죠가 한 말이 최근 들어 후시구로의 뇌리에 수도 없이 플래시백되고 있다.

그렇다고 지금 튀어나올 건 없었는데.

벌칙 게임을 피하고 싶다는 일념으로 떠올리는 건 아무리 그래도 너무하다.

——메구미, 야구 헬멧 진짜 안 어울린다.

이건 교류회 중 휴식 시간에 듣고 울컥했던 말이다.

야구를 하고 있는 탓인지 그런 때의 기억까지 떠올랐다.

——메구미, 무인도에 뭘 하나 가져가야 한다고 하면 어떤 밸런스 볼이 좋아?

정말 아무래도 좋은 기억까지 떠올랐다.

후시구로의 뇌리에서 가상의 고죠가 멈추지 않는다. 여기 없는데도 성가신 건 대체 뭐란 말인가?

그러는 사이, 후시구로는 어째서인지 날아오는 하얀 공까지 고죠로 보이기 시작했다. '넌 배팅센터에서까지 급제점을 노리는 거냐'라며 약 올리고 있는 것 같은 기분이 들었다.

그러고 보니…… 처음에 '스쿠나의 손가락'을 회수하러 갔을 때, 나중에 고죠를 패주겠다며 상당히 크게 화를 냈던 일이 떠올랐다.

“오, 후시구로의 스윙이 깔끔해졌어. 휘두르는 게 시원하다고 할까?”

“그런데 표정이 엄청나지 않아? 저거, 공을 저주하고 있는 거 아냐?”

“이거, 네 기록 넘지 않았어?”

“크. 보내기 번트가 특기인 줄 알았는데, 설마 지금까지 실력을 숨겨 왔단 말이야?”

“뭔가 스포츠 만화에 나오는 라이벌 학교 같다.”

“대체 누가? 멋대로 날 극복해 인간적으로 성장하지 말란 말이야.”

그런 고로——코스에 얽매이지 않고 뭐가 됐든 날아온 공을 치자고 결심한 후시구로의 성적은 후반에서 크게 상승해, 15타석 7안타로 쿠기사키를 상회했다.

일단은 벌칙 게임을 피해 가슴을 쓸어내리는 후시구로. 덧붙여, 그저 한없이 흰 공을 치는 행위가 꽤 괜찮은 스트레스 해소법이란 걸 알게 됐다.

“……좋아.”

“나, 후시구로가 작게 파이팅 포즈하는 모습 처음 봐. ……벌칙 게임이 그렇게 하기 싫었어?”

“분명 성대모사의 레퍼토리가 웃긴 동물 시리즈밖에 없어서 그런 걸 거야."

"후시구로가 동물 흉내도 내?"

"자주 하잖아? 그 왜……."

"그림자놀이는 성대모사가 아냐."

손 그림자로 개의 모양을 만드는 쿠기사키를 보고 후시구로는 얼굴을 있는 힘껏 찌푸렸다.

"그럼 마지막은 나네."

드디어 주인공의 등장이다.

배터 박스에 서서 배트를 쥐고 자세를 잡은 이타도리는 힘이 적당히 빠진 자연스러운 폼…… 이 아니었다. 힘이 너무나도 빠졌다.

힘을 너무 주는 것도 좋은 결과는 나오지 않겠지만 이타도리의 자세는 굳이 말하자면 스윙에 힘이 전혀 전달되지 않을 것 같았다.

"그건 뭘 흉내 낸 거냐?"

후시구로의 질문에 이타도리는 자신만만하게 웃어 보였다.

"성장한 건 너희만이 아니란 말이지. 나도 교류회에서 감을 잡은 게 있어."

"아, 토도에게 세뇌당했을 때?"

"세뇌라고 하지 마. 아마도 틀린 것은 아닐 테지만 뭔가 무서

우니까.”

느슨하게 쥔 배트를 휘두르며 이타도리는 그 폼에 자신만만하게 이름을 붙였다.

“명명하건대…… 흑섬(黑閃) 타법!”

“………….”

후시구로도 특급 주령전의 내용을 요점만 간추려 들은 바 있었지만, 이타도리의 ‘흑섬’ 연속 발생 기록에 대해서까진 알지 못했다.

따라서 후시구로는 단순하게 ‘이 녀석, 나나미 씨에게 혼나지 않을까?’라고 생각했을 뿐이었다.

“좋아! 아이 앰 넘버 원!”

“어째서 그런 성의 없는 폼으로 공을 칠 수 있는 거야!”

이러니저러니 해서 15타석 중 12안타로 이타도리는 쾌승을 거두었다.

원래부터 투수 폼으로 포환을 30미터 이상 던져버리는 남자다. 폼이 어쩌니 이론이 저쩌니 하는 것과는 아무런 상관이 없었다.

"좋아. 쿠기사키, 벌칙 게임———!"

"칫, 하면 되잖아! 한다고. 내가 꺼낸 말이었고."

"그래서 누구의 성대모사를 할 거야?"

"보고 맞춰봐. 그리고 내 메소드 연기에 감탄하도록."

"여기에까지 게임성을 추가하는 거야?"

쿠기사키는 한쪽 무릎을 뻗어 스트레칭하기 시작했다.

성대모사를 하는데 대체 무슨 근육을 쓰겠다는 건지 알 수 없기도 하고, 아마 배팅을 하기 전에 하는 게 좋지 않았을까. 하지만 후시구로는 이런 의견은 입 밖으로 꺼내지 않기로 했다.

어험, 하고 작게 헛기침을 하고 드디어 쿠기사키가 준비에 들어갔다.

"——이타도리 씨, 제정신입니까?"

"*켄도 코바야시가 나한테 씨를 붙여 말하는 게 대체 무슨 상황이야?"

"뭐? 켄코바인 거에 불만이라도 있어?"

"켄코바에 불평한 게 아냐! 그보다 어째서 그렇게 똑같은 거야!"

왁자지껄 떠들썩한 이타도리와 쿠기사키와 반대로 후시구로는 난감해하고 있었다. 여자애가 성대모사에 굳이 이걸 선택한다는 것도 참 그렇지만 즉각적인 반응이 가능한 이타도리도

*켄도 코바야시: 일본의 코미디언.

과연 어떤가 싶다.

“어쩔 수 없지. 내가 본보기란 걸 보여주마.”

“너도 하는 거냐.”

이어서 스트레칭을 하기 시작한 이타도리를 보며 미간을 찌푸리는 후시구로.

단순히 성대모사 대회의 양상을 띠기 시작했는데, 벌칙 게임은 대체 뭐였던 걸까. 그리고 성대모사를 하기 전에 근육을 풀어줘야 한다는 건 어느 세계의 상식인 걸까.

후시구로의 당혹감은 끝나지 않았다.

이타도리는 안달 나게 하려는지 시간을 끌며 심호흡을 한 뒤, 드디어 장기자랑에 들어갔다.

“——*오늘은 쉬어.”

“내가 영화 소재 쓰지 말랬지!”

“알아들었잖아!”

“슈왈짱을 하는 건 알겠는데 왜 그 씬인 거야!”

왁자지껄 신나게 떠드는 두 사람을 곁눈질하며 후시구로는 자연스럽게 자판기 쪽으로 걸어갔다. 이대로 있으면 자신도 결국 성대모사를 하는 흐름에 휘말리게 될 것 같았다.

*오늘은 쉬어!: 영화 『코만도』의 대사 ‘You're not gonna take it’이 일본에서는 ‘오늘은 쉬어’로 번역되었음.

그 뒤, 얼마나 놀았을까?

쿠기사키는 탁구에선 이타도리를 상당히 따라잡았지만 스쿼시로는 스트레이트로 연패를 기록해 원통해 하기도 했고, 당구를 해봤는데 전원이 규칙을 잘 몰라 머리를 맞대고 처음 들어보는 이상한 경기를 만들어 내기도 하는 등.

밖이 상당히 어두워지기 시작한 무렵, 슬슬 쉬는 게 좋지 않겠냐는 말이 나와 푸드 코트에 자리를 잡았다.

아이스 커피를 홀짝이며 앉아 있는 후시구로에게 쿠기사키가 버블티를 들고 돌아왔다.

이 음료는 대체 언제까지 유행하는 걸까? 후시구로는 조금 궁금해졌다.

"이타도리는?"

"타코야키가 구워지는 걸 기다리는 중."

후시구로 대각선 맞은편 자리에 쿠기사키가 자리를 잡았다.

"왜 이렇게 울적한 얼굴이야?"

"딱히."

"아, 그래?"

스마트폰을 만지작거리는 쿠기사키에 시선을 내리까는 후시구로.

실내의 소란스러움은 여전했지만 테이블을 사이에 둔 두 사람 사이의 공간엔 고요함이 감돌고 있는 듯한 기분이 들었다.

딱히 사이가 좋지 않은 것은 아니며, 불편한 사이인 것도 아니다.

최근 2개월간 후시구로와 쿠기사키 단둘이서 도쿄교의 1학년으로 지냈다. 오히려 침묵의 시간이 고통스럽지 않을 정도로는 벽이 허물어졌다고 해도 좋다.

단, 역시 분위기를 밝게 만드는 건 이타도리인 것이리라.

후시구로는 푸드 카운터 쪽에 있는 이타도리의 등을 보았다. 그러고 보니 배가 출출해졌다는 말을 꺼낸 건 이타도리였다.

후시구로는 문득 깨달았다는 듯이 고개를 들었다.

"쿠기사키."

"왜?"

"오늘 내내 '이타도리가 하고 싶은 것'을 물어봤던 거였어?"

"상어 영화는 아무래도 패스할 수밖에 없었지만."

쿠기사키는 딱히 부정하지도 않고 턱을 괴며 얕게 한숨을 뱉었다.

"저 바보, 다 보인단 말이야. 자리를 비운 사이에 무슨 일이 있었다는 거. 하지만 바보는 바보답게 태평하게 떠들썩하게 있는 게 딱 좋잖아?”

후시구로도 느낀 건 쿠기사키도 당연히 느끼고 있었다.

하지만 쿠기사키는 이타도리의 변화에 당혹스러워하기보다는 배려하는 쪽을 선택했다. 쿠기사키는 호쾌한 성격으로 보이지만 마음의 미묘한 변화에 민감하다. 후시구로는 그것을 실감했다.

“네가 당혹스러워하는 것도 다 보였어.”

“…… 그렇게 보였어?”

그런 지적에 후시구로는 불편하다는 듯이 눈살을 찌푸렸다.

‘남자란 은근히 섬세하다니까’라고 말하고 싶은 듯, 쿠기사키의 윗입술 가운데가 치켜 올라갔다.

“멋대로 죽고 멋대로 살아 돌아오고……. 처음엔 나도 열받았고, 한마디 해주고 싶었지만 그런 걸 신경 써봤자 어쩔 수 없잖아. 누군가가 죽으면 받아들일 수밖에 없듯이, 살아 있으면 살아 있는 대로 받아들여야지.”

그렇게 말하고 쿠기사키는 턱을 까딱해 이타도리가 있는 쪽을 가리켰다.

“저 녀석이 살아서 이곳에 있어. 이걸 뛰어넘는 논리가 필요해?”

"……아니."

쿠기사키의 말대로라며 후시구로는 엷게 웃었다.

이타도리가 살아 있다고 해서 약했던 과거의 자신과 이타도리가 희생한 과거가 사라지는 건 아니다. 하지만 후회도 당혹감도, 지금 확실하게 존재하는 현실은 이기지 못한다.

이타도리가 지금, 이곳에 있다.

이 현실을 기뻐하면 안 되는 이유 따위는 전혀 없다.

"오래 기다렸지~? 무슨 이야기 했어?"

밝은 목소리와 함께 소스 향기가 두 사람에게 닿았다.

후시구로와 쿠기사키는 동시에 이타도리에게 시선을 돌렸다. 당사자인 이타도리는 의아한 듯이 눈을 크게 뜨고 고개를 갸웃거렸다.

"내 얼굴에 뭐 묻었어?"

"여전히 바보 같은 얼굴이라고 생각한 것뿐이야."

"갑자기 너무하지 않아?"

"타코야키 먹을게."

"나도."

탁자에 동전을 탁탁 내려놓으며 각각 이쑤시개를 집어 드는 후시구로와 쿠기사키. 운동을 꽤 한 탓인지 생각보다 배가 고팠기에 음식을 향해 뻗는 손은 빨랐다.

"앗, 잠깐."

그러나 이타도리는 당황해 소리를 높였다. 쿠기사키는 소스가 절묘하게 뿌려진 걸 찾아 손을 이리저리 돌리고 있었지만, 후시구로는 이미 하나를 입에 물었다.

"왜? 사람 수만큼 이쑤시개를 받아왔다는 건 같이 먹을 생각이었던 거 아냐?"

"이거 러시안 타코야키야."

"하나에 매운 소스가 왕창 들어가는 그거?"

"그거."

두 사람이 일제히 후시구로 쪽을 보았다.

말은 없지만 엄청난 기세로 아이스 커피를 입에 가져가는 후시구로를 보고 이 타코야키는 이미 게임성을 잃었다는 걸 깨달았다.

"고마워, 후시구로. 이제 안심하고 먹을 수 있겠네."

"시비 거는 거냐."

"미안, 후시구로. 타코야키를 이거밖에 안 팔더라고."

어째서 하필 이런 걸 사 왔냐고 불평하고 싶은 마음도 없진 않은 후시구로였으나 제지하기 전에 먹은 건 맞기에 강하게는 말할 수 없었다.

그런 모습을 무척 재밌게 바라보며 쿠기사키는 안심하고 다른 타코야키를 입에 물었다.

"그래서 이제 어떡할래? 타코야키도 먹었고 저녁을 먹기엔 이르지?"

"으음, 그러게."

아이스 커피로 혀를 식히며 후시구로는 쿠기사키를 보았다. 이타도리가 하고 싶은 걸 하게 해주겠다는 의도를 알게 된 지금, 특별히 의견을 낼 일은 없다.

이타도리는 조금 생각한 뒤에 자신도 타코야키를 먹었다.

소스의 맛에 혀를 내두르고 침을 꿀꺽 삼킨 뒤, 쿠기사키에게 대답했다.

"슬슬 너희가 하고 싶은 걸 하고 싶은데."

태연히 말하는 이타도리 때문에 쿠기사키는 순간 후시구로와 눈을 마주쳤다.

그리고 떠올렸다. 이타도리는 세상 태평해 보이고 자잘한 것들에는 신경을 쓰지 않지만 결코 둔감한 남자는 아니다.

쿠기사키는 '어쩔 수 없다'는 듯이 어깨를 으쓱이고 웃었다.

"좋아. 그럼 슬슬 노래방에 갈까!"

"좋아. 지금 들어가면 저녁때쯤에 나오겠네. 노래방에서 저녁을 해결하는 것도 좋고."
"노래방 음식으로 용케 만족하는구나."
"엄청나게 맛있는 건 아니지만, 독특한 맛이 있단 말이지. 후시구로, *유즈 부르자, 유즈."
"어째서 듀엣이 전제인 거야?"
푸드 코트 한 귀퉁이에 시끌벅적함이 차올랐다.
이제 특별한 말은 오가지 않는다. '어서 와'도 '다녀왔습니다'도 이젠 필요 없다.
평소와 같다고 하고 싶어지는 별것 아닌 날. 하지만 그것은 언제나 어제와는 다른 오늘.
내일은 누군가가 빠질지도 모른다.
내일은 같은 미소를 지을 수 없을지도 모른다.
하지만 적어도 지금 이 순간은 시시한 농담을 주고받는다. 저주받은 세계 한구석에서 젊은이들은 잠깐의 청춘을 보낸다.
언젠가 도달하게 될 무언가의 끝이 올바른 죽음인지는 알지 못한다.
하지만 험악한 여정 도중에 샛길 같은 산책은 있어도 된다.

*유즈: 일본의 포크 듀오.

니시미야
모모
2014.12.1

주술회전 呪術廻戦

-새벽의 가시밭길-

2

2021년 8월 20일 제1판 제1쇄 인쇄
2021년 8월 25일 제1판 제1쇄 발행

저자 Gege Akutami, Ballad Kitaguni
번역 유유리

발행인 오태엽
편집팀장 이수춘
편집담당 안세연
표지 디자인 Design Plus
라이츠사업팀 이은선, 조은지, 정선주
출판영업팀 안영배, 경주현, 김정훈
제작담당 박석주

발행처 (주)서울미디어코믹스
등록일 2018년 3월 12일
등록번호 제2018-000021
주소 서울특별시 용산구 새창로 221-19
전화 (02)799-9181(편집), (02)791-0752(영업)
FAX (02)799-9334(편집)

인쇄처 | 코리아 피앤피